ベリーズ文庫

一晩だけあなたを私にください
〜エリート御曹司と秘密の切愛懐妊〜

滝井みらん

STARTS
スターツ出版株式会社

目次

一晩だけあなたを私にください
～エリート御曹司と秘密の切愛懐妊～

第一章　一晩だけあなたを私にください

「雪乃《ゆきの》先輩、見てください。沖田《おきた》さんのデスク、チョコだらけですよ」

定時後、パソコンの電源を落とした亜希《あき》ちゃんが、沖田くんのデスクを見て引き気味に笑う。

今日は二月十四日。バレンタインデー。

亜希ちゃんこと沢口《さわぐち》亜希は、私の二年後輩。

小柄でエアリーなミディアムヘアの彼女の見た目はアイドルのようにかわいいけれど、中身は肝っ玉母さんで、何事にも動じず頼りになる。

私の斜め前が沖田くんの席。そこに山のように積まれている色とりどりの包装紙でラッピングされたチョコは、女性社員がどこからともなくひっきりなしに現れて置いていったもの。

沖田くん……沖田怜《れい》は、社内一のモテ男で私の同期だ。

「毎年恒例だけど、ここまでくるとお供え物だね。沖田大明神……なんてね」

私は山本《やまもと》雪乃、二十七歳。

背は百六十三センチ、目鼻立ちがはっきりしているせいか、中学生の時は大人に間違われていつも学生証を所持していた。ようやく年相応に見られるようになったけれど、自分の顔はあまり好きではない。

唯一の自慢はベージュカラーでストレートの長い髪。天然だから手間もかからず、みんな〝綺麗〟だと褒めてくれる。

そんな私は、日本でも三本の指に入る不動産会社『沖田不動産《おきたふどうさん》』の本社開発営業部開発営業二課に勤務しているごく普通のＯＬ。

沖田不動産は年間売上二兆円を超え、その子会社や関連会社は三十以上、総従業員数は一万人という大企業。本社は大手町《おおてまち》にあり、三十七階建ての自社ビルには約七百人もの社員が勤務している。

「沖田大明神かあ。私も祈っておこうかな。ボーナスたくさんもらえますように。あと、恋人ができますように」

私の冗談に彼女が乗っかり、沖田くんのデスクに向かって手を合わせて拝む。

「亜希ちゃんは今彼氏いないの？」

彼女の恋話は聞いたことがない。

「いないです。義理チョコはいっぱい配りましたけど、本命もいなくて。素敵な恋愛したいなあ。そういう雪乃先輩は？」

急に話を振られ、苦笑いしながら返した。

「私も義理チョコだけ。恋愛とか希望が持てないから、このまま静かに余生を送れたらいいんだけど」

頬杖をつきながら悲観的な発言をする私に、亜希ちゃんはちょっと怖い顔で怒った。

「先輩まだ二十七ですよ。なにおばあちゃんみたいなこと言ってるんですか！」

「昔は好きな人と結婚するって夢見てたけどね。今は現実が見えてきて、夢も見なくなったな」

結婚という文字を見ると、最近は暗い気持ちになる。

遠くを見据えてそんなことを口にしたら、彼女が深い溜《た》め息をついた。

「雪乃先輩みたいな美人が言うセリフじゃないです。先輩に惚《ほ》れてる男どもががっかりしますよ」

「美人でもないし、私に惚れてる人なんていないよ」

ふふっと笑う私を彼女はじっとりと見た。

「先輩、自己評価低すぎ。先輩が結婚しないのは罪ですよ。ちゃんと結婚してその美人の遺伝子を後世に残してください」

亜希ちゃんがあまりに真剣な顔で言うものだから、噴き出してしまった。

「私の遺伝子はなくなってもいいけど、亜希ちゃんのは残さなきゃ。私が男なら亜希ちゃんを嫁にしたいよ。かわいいし、世話好きだし、頼もしいもん」

「あっ、それいいかも。先輩が男だったら私絶対に惚れます！」

彼女が抱きついてきたので、私も抱きしめ返した。

「じゃあ相思相愛だね」

私と亜希ちゃんはいつもこんなノリ。

ふたりで戯れていたら、同期の渡辺《わたなべ》くんが打ち合わせから戻ってきた。

「そこのふたり、なにいちゃついてるの？」

渡辺くんは背が高く細身で、目鼻立ちは割と整っているのだけど、ちょっとなよっとしているせいか、あまり目立たないイケメンだ。穏やかで優しく、親しみやすい。

怪訝《けげん》そうな顔をする彼に、亜希ちゃんが答えた。

「ふたりの愛を確認し合ってたんですよ。あっ、渡辺さん、これ義理チョコです！」

亜希ちゃんが抱擁を解いて渡辺くんにチョコを差し出したので、私もデスクの下からチョコを出して彼に渡した。

「渡辺くん、私も義理チョコ」

これは市販品でデパートのバレンタインチョコ売り場で購入したもの。部長や親しい同僚に配っている。

「ありがと。うれしいけどさあ、ふたりとも『義理』って強調しないでくれる？　少しは夢見させてよ」

涙目でそんなお願いをする彼に、亜希ちゃんはニコニコ顔で告げた。

「いや、本命と思われても困りますもん」

「沢口さん……キツイね」

ハハッと乾いた笑いを浮かべて自席に戻る渡辺くんの後ろ姿が、なんだか寂しそうに見えた。

これは結構ダメージ受けたね。

だが、ダメージを与えた本人はまったく気にする様子もなく、バッグを手に取りにこやかに私に挨拶した。

「それじゃあ、私はお先に失礼します。先輩も早く帰ってくださいね」

「うん。お疲れ」

彼女に手を振り、仕事を続ける。

通常業務を終わらせると、マニュアル作りに励んだ。

まだ部長にしか伝えていないけれど、私はある事情があって来月末で会社を辞める。

だからあと一カ月半で引き継ぎマニュアルを完成させなければならない。

私の後任は亜希ちゃんだ。

早く私が退職することを彼女にも伝えないとね。

いい子だけに別れるのが辛くてなかなか言えずにいる。

仕事に没頭していたら、オフィスにはいつの間にか私ひとりしか残っていなかった。

掛け時計に目を向けると、時刻は午後九時十五分。

「こんな時間になっちゃった。なんだかお腹空いちゃったな」

デスクの引き出しから、ラッピングされた包みを取り出す。

これは昨日私が作った本命チョコ。

今年はチョコレートクッキーにしてみた。

毎年作るのだが本人に渡せず、結局自分が食べて帰る。その繰り返し。でも、それも今年が最後だ。もう彼に作ることはない。

「また渡せなかった」

今の関係を壊すのが怖いし、思いを伝えてもそれから先の私の運命は変わらない。

なのに作ってしまった。

「ただの自己満足よね」

クッキーを摘《つま》みつつキーボードを打っていたら、よく知った声が聞こえてビクッとした。

「あれ、山本まだ残ってたの？」

現れたのは沖田怜、二十七歳。

今日チョコのお供え物をたくさんもらった人だ。

沖田不動産の社長令息で、開発営業一課の敏腕エリート課長。

百八十五センチの長身に毛先がカールしたダークブラウンの髪。それにイケメン俳優顔負けの端整な顔立ち。

育ちがいいせいか物腰はエレガントだけど、社食のカレーが大好きという庶民的で飾らない性格。だから人望もあって、四月からは部長に昇進という噂《うわさ》もある。

顔よし、学歴よし、収入よしと三拍子揃った超優良物件の彼の唯一の欠点は女癖が悪いところ。同期の親友の話では、休日見かけるたびに違う女性を連れているらしい。

彼の声で咄嗟《とっさ》にパソコンの画面を変えた。

私が辞めることを知られたくない。

送別会なんて開かれたくないし、しんみりするのが嫌だから。

「ちょっとね。もう帰るとこ。沖田くん、今日は直帰かと思った」

ニコッと笑顔を作ってパソコンの電源を落とし、デスクの上を片付けようとしたら、彼の手が伸びてきてドキッとした。

「資料取りに戻ったんだ。これ、うまそう」

沖田君がクッキーを摘んで口の中に入れる。

「あっ」

その様子を見て変な声をあげ、あんぐり口を開ける私。

渡す気はなかったのに、結果として彼に食べてもらえた。

そう。このチョコクッキーはなにを隠そう彼のために作ったもの。

好きになったのはいつだろう。気付いたら彼を目で追うようになった。

オフィス内で沖田くんの声を聞くたびにドキッとする。

最初は御曹司だけに傲慢な人だと偏見を抱いていたのだけど、彼の優しさを知ってからはどんどん好きになって、あふれそうな気持ちを抑えるのに毎日苦労している。

「うまい。これ山本の手作り？」

ペロッと唇を舐《な》める沖田君に見惚《みと》れつつも、つっかえながら注意した。

「そ、そうだけど、もう勝手に摘み食いしないの。沖田くんの席にいっぱいチョコあるじゃない」

沖田くんのデスクを指差したら、彼は興味なさそうに「ああ」と返事をした。

「それだけあると持って帰るのも大変だよね。紙袋あげようか？」

私の提案に彼はしばし自分のデスクのチョコを見つめた。

「うーん、それより段ボールに入れてうちに送ってくれない？」

「了解」

席を立ってオフィスの隅から空箱を取ってくると、彼が私のチョコクッキーをせっせと食べていた。

「こらこら、沖田くんも手伝ってよ」

スーッと目を細めて怒ったら、彼はクッキーを咀嚼《そしゃく》しながら言い訳した。

「だって、食べ出したら止まらない。これ気に入った」

沖田くんの感想を聞いて顔がにやけそうになったけれど、必死に耐えた。

「それは空腹だからそう思うの。お菓子じゃお腹膨れないよ」

平静を装いながら沖田くんのチョコを箱に詰めていくと、彼も手伝った。

「まあ、確かにお菓子だけじゃ足りないな。……考えてみたらさあ、山本からチョコもらったことない。渡辺が毎年戦利品のように山本のチョコを俺に見せるんだ」

ちょっと拗《す》ねた顔で語る彼がなんだかかわいく見えてクスッと笑った。

「今食べてるからいいじゃない。それにこんだけチョコもらえるんだもん。義理チョコなんて必要ないでしょう？」

「山本は冷たいね。外も寒かったけど、ますます身体が冷えそう」

わざとブルッと震えて見せる沖田くんの背中を思い切り叩《たた》いた。

「くだらないこと言ってないでしっかりご飯食べなさいよ」

「痛い！　じゃあ、付き合えよ。俺、空腹で餓死しそう」

予想外の言葉に驚き、思わず聞き返した。

「え？　今日バレンタインデーだよ。モテ男なのに約束ないの？」

「チョコ見るまでバレンタインって忘れてたし、そもそういうのあんまり興味ない。むしろ苦痛に感じる」

少しうんざりした顔をするので、すぐに話題を変えた。

「ふーん。モテる男も大変だね。なに食べる？　カレー？　ラーメン？」

候補を挙げたら、彼は溜め息交じりに返した。

「俺のイメージってひどくないか？　好きだけど、毎日それぱっか食ってたらさすがに飽きる」

「そうなんだね。沖田くんはそれで生きていけると思ってた」

クスクス笑ってからかったその時、彼に手を掴《つか》まれた。

「ここで無駄話してると店が閉まる。行くぞ」

「ちょっ……行くってどこに食べに行くの？」

沖田くんがスタスタと歩き出すので、慌ててバッグとコートを持ってついていく。

「いいとこ」

どこか企み顔で微笑む彼に、「なんか怖いよ」とちょっと緊張しながら言い返した。

彼とふたりで食事なんて初めてで戸惑いを隠せない。

「そんなお化け屋敷に入るような顔するなよ」

沖田くんはふっと笑って、会社を出るとツーブロック先のビルの地下にある店に私を連れていく。

頑丈そうな鉄製のドアを開けると、そこはカウンター席が六席あるだけの鉄板焼きのお店だった。

照明は暗めで、ジャズの音楽が流れていて大人の隠れ家的な場所。

お客さんは誰もいない。

店のオーナーらしき四十代半ばくらいのイケオジが沖田くんを見て、親しげに挨拶する。

「よお。怜、久しぶり。今日は随分と綺麗な子を連れているじゃないか。めずらしいな」

「社内一の美人。修二《しゅうじ》さん、俺の同僚だから口説くなよ」

私をチラッと見て沖田くんがそんな説明をしたのでギョッとした。

「い、いえ、全然違いますから。沖田くん、嘘言わないで！」

あたふたする私の横で、彼は「俺、そういう嘘はつかない」と平然とした顔をする。

もうこの人は！

じっとりと沖田くんを見ていたら、オーナーが私に微笑んだ。

「まあ適当に座って」

「あっ……はい」

変なところを見られて赤面する私。

中央の席に沖田くんと並んで座り、彼に声を潜めて尋ねた。

「ここよく来るの？」

「ああ。叔父の店なんだ。お任せでいいか？」

メニューを手にする彼に聞かれ、「うん」と頷《うなず》く。

「飲み物は……まずシャンパンでどう？」

ドリンクメニューを見て私に確認する彼。

「いいけど……あっ……ごめん。私、今日そんなに持ち合わせがない」

鉄板焼きは結構な値段がするはず。

それにシャンパンなんてへたをすると肉より高い値段かもしれない。

「叔父の店だから気にしなくていい。サービスしてもらうから……ってことで修二さん頼むよ」

にっこり笑ってそんな注文をする沖田くんをマスターはギロッと睨《にら》みつけた。

「おい。勝手に話決めるなよ」

「あの……私は水でいいです」

遠慮がちに申し出る私にマスターは優しく微笑んだ。

「いや、お嬢さんはシャンパンでいい。こいつには水出すから」

笑った顔が沖田くんに似てる。マスターもカッコいいし、イケメンなのは血筋かな。

そんなことを思っていたら、シャンパンが運ばれてきた。

私がグラスを持つと、沖田くんもグラスを手にした。

「仕事お疲れ」

グラスを重ねてきた彼に微笑み、店内を見回す。

「お疲れ。いい雰囲気の店だね。落ち着く」

「客が誰もいないからな。それより、最近悩んでないか？　先月おばあさんの葬式で帰郷して以来、山本の様子がおかしい」

その言葉にギクッとする。

沖田くんにはバレないようにしているのに、どうしてこうも鋭いのだろう。

実は祖母の葬式の時に、父に言われたのだ。

仕事を辞めて結婚しろと。

相手は高校の時の同級生で、福井《ふくい》で有名な建設会社の副社長で御曹司。

もう父は勝手に話を進めていて四月には結納を行う予定だ。

普通なら無視するところだが、私の結婚を条件に父は融資を受けているらしい。

実家は昭和元年から続く眼鏡会社を経営していて、ここ数年赤字が続いている。

融資を受けている以上断るわけにはいかない。

父に従うしかないのだ。

「大好きなおばあちゃんが亡くなったからショックだったの」

咄嗟にそんな言い訳をしたら、彼は別の質問をした。

「じゃあ、最近部長とこそこそしてるのは？」

まったくデキる男というのは視野が広くて困る。

私を食事に誘ったのは尋問するためだったか。

どうごまかせばいい？

心臓がバクバクするのを感じながら、なるべく本当のことを伝えた。

「ちょっと実家のことで相談してて……祖母の葬儀でゴタゴタしてたから」

部長には結婚して家業を手伝うから三月末で辞めると伝えているが、沖田くんには同期ということもあって言えなかった。彼に辞めるなと言われたら決心が鈍る。

部長にはそのことを正直に伝え、部内には内緒にしてもらっていた。

「どうして俺をスルーして部長にいくかな。同期なんだから頼れよ」

おもしろくなさそうな顔をする彼が納得するような理由を必死に考えた。

「だって部長は頼れるお父さんって感じだし、会社にいる時間が沖田くんよりずっと長いから」

どうかこれ以上追及されませんように。

明るく笑って深く理由を聞かれないようにする。

「それで部長に話して解決したのか？」

心配そうに私を見る彼の肩をポンポン叩いた。

「うん。無事解決したよ。なんか心配かけちゃって悪いね」

嘘をついてごめん。

でも、沖田くんにだけは絶対に知られたくない。

「解決したならいいけど」

私を見据えるその目を正視できずシャンパンを口にしたら、熱々のステーキが目の前に置かれた。

「ほれ、神戸牛《こうべぎゅう》の極上サーロイン」

沖田くんの叔父さんは笑顔で言って、ライスやサラダもテーブルに置いた。

ステーキは結構大きくて、二百グラムくらいありそうだ。

「美味しそう」

目を輝かせる私を見て、沖田くんが頬を緩める。

「味は保証するよ」

早速食べ始めると、肉が口の中で溶けそうなくらい柔らかくて美味しかった。

「こんな美味しいの初めて」

思わずそんな感想を漏らす私に、沖田くんの叔父さんがとびきりの笑顔を向ける。

「またいつでも食べにおいで。美人はタダでいいから」

「それでは申し訳ないので、お給料出たらまた来ます」

私の発言を聞いて沖田くんが諭すように言う。

「そんなこと言わず素直に甘えておけよ。山本はもうちょっと人を頼ることを覚えた方がいい」

「ひょっとして私をお説教するために連れてきた？」

大袈裟《おおげさ》に驚いてみせたら、彼も少しふざけてニヤリとした。

「ご名答」

「なんか入っていけない雰囲気だが、ふたり付き合ってるのか？」

沖田くんの叔父さんがワインを口にしながらとんでもない勘違いをしたので、すぐに否定した。

「ち、違います！　あの……その……沖田くんとは同期で」

言いながらちょっとムキになりすぎたと反省する私。

「山本、そこは嘘でも『はい』って言わないと、この人に口説かれる」

沖田くんに突っ込まれたけれど、真顔で言い返した。

「それはないよ。私魅力ないもん」

「雪乃のそういう無自覚なとこ、お兄ちゃんは心配だわ」

沖田くんが突然下の名前で呼ぶものだから激しく狼狽《うろた》えた。

「い、いつから私のお兄ちゃんになったのよ！」

「たった今から」

悪戯っぽく目を光らせる彼を見てズルい人だと思った。

もうこれ以上私をドキドキさせないでほしい。

せっかく彼への気持ちを抑えているのに、このままだとポロッと「好き」と口にしてしまいそうだ。

その後食事を終えて店を出るが、足元がふらついた。

「キャッ！」

転びそうになる私を沖田くんが咄嗟に抱き留める。

「危ない！　大丈夫か？」

「大丈夫、大丈夫。ちょっとヒールが高いから転《こ》けただけ」

沖田くんから離れるが、彼はまだ私の腕に手を添えている。

「シャンパン結構飲んだから酔ったんだろ？」

「酔ってない。頭はクリアだもん。沖田くんが三人いるけどね。三人ともイケメン」

クスクス笑って冗談を言ったら、彼がハーッと溜め息をついた。

「はい、はい。酔っ払い確定だな」

「だから酔ってないよ。今のは冗談です」

否定したが信じてくれない。

「いつもとテンション違う。はしゃぎすぎだ。送ってく」

私の手を掴み、彼は通りでタクシーを拾う。

「本当に平気だよ。ひとりで帰れるから」

万が一会社の人に見られたら変な噂が立つ。

沖田くんの手を外して帰ろうとしたが、彼に背中を押されて強引にタクシーに乗せられた。

「いいから乗る」

「沖田くん心配性。全然ひとりで……帰れるのに」

シートに寄りかかってぶつぶつ文句を言う私を彼は呆《あき》れ顔で見る。

「今の状態だと駅の階段踏みはずして怪我する。住所は？　まだ寮に住んでたっけ？」

いつだって私に対してはよき同期として接する彼。

この状況ならホテルに誘うことだってあるだろうに。

やっぱり女として見られていない。

いつもの私なら傷付きながらも笑って住所を教えただろう。でも、今日はそうしなかった。

「住所……ね」

泥酔したわけではないが、ちょっと酔っているのかもしれない。

彼を困らせてみたくなった。

「家に帰りたくないって言ったらどうする？」

酔ったふりをして彼を試すような言葉を投げかける。

「素直に言え」と怒られると思ったのだが、彼は私に顔を近付けて声を潜めた。

「じゃあ遠慮なく」

低音のセクシーボイス。

その声に身体がゾクッとして一気に酔いが覚めた。

「え？」

私が沖田くんの言葉の意味をよく理解する前に、彼はタクシー運転手に自分の住所を伝えた。

「麻布《あざぶ》までお願いします」

思わぬ急展開に頭がパニックになる。

「あの……大丈夫。酔っててちょっとおかしくなっただけ。ちゃんと家に帰るから」

焦りながら前言を撤回するが、彼に冷たく拒否された。

「残念だったな。もうタクシーは俺の家に向かってる。諦めろ。せっかく紳士的に家に送ろうと思ったのに、山本はチャンスを無駄にした」

「沖田くん……酔ってる？」

おろおろしながら尋ねる私の手をギュッと掴んで、彼はどこか謎めいた笑みを浮かべる。

「心配するな。いまだかつてないくらい頭はクリアだから」

私の発言を引用して答えるところが意地が悪い。

こっちは心臓が口から飛び出しそうなほどドキドキしているのに、彼は落ち着き払っている。きっと女性を家に連れ込むことに慣れているのだ。

だったら、もうこのまま沖田くんに抱かれてしまえばいいじゃない。

私の心の中の悪魔が囁《ささや》く。

なにをためらう必要がある？

好きな人に抱かれたい。

沖田くんにとって一夜限りの遊びだとしても構わない。

どうせ福井に戻れば、私は好きでもない人と結婚するのだ。

十五分ほど乗っていると、タクシーが豪華なタワーマンションの前で停車した。沖田くんが支払いを済ませ、私の手を掴んでタクシーを降りる。

緊張しているせいか無性に喉が渇いた。

沖田くんは私と違ってたくさんの女性と経験があるはず。私の裸を見てがっかりしないだろうか？

ここまできて急に不安になる。

お互い無言のままマンションに入り、彼の部屋に向かう。

最上階のペントハウスが沖田くんの部屋だったが、その事実を知って改めて彼が御曹司だと実感した。

同期だけれど、私とは違う世界の住人だ。

でも、彼の恋人になるわけではないし関係ない。

私が欲しいのは沖田不動産の社長令息じゃなく、ただの沖田怜。

お金にも地位にも興味はない。

「やけに静かだな。もっと抵抗するかと思った」

玄関で靴を脱いだ彼が、私を見てふっと笑う。

「社内一のモテ男と熱い夜を過ごすのもいいかと思って考え直したの」

彼を好きだとバレてはいけない。

靴を脱いで茶目っ気たっぷりに笑ってみせる私の頬に沖田くんが触れた。

「それは期待に応えないとな」

トクンと心臓が高鳴ると同時に彼がキスをしてきて、驚きのあまり目を大きく見開く。

キスの経験は初めて。

彼の唇があまりにも柔らかくて、最初なにが起こったのか理解できなかった。

そんな私を彼はさらに翻弄する。

彼の舌が口内を割って入ってきて、もうわけがわからない。

身体の奥が痺れる。

それに、口の中が熱い――。

頭の中が真っ白になりつつも沖田くんのキスに夢中で応えていたら、彼がいきなり私を抱き上げた。

「キャッ……なに？」

彼は戸惑う私に構わず廊下をスタスタと歩いてある部屋に入った。

薄暗いが多分寝室なのだろう。

私を床に下ろして沖田くんは間接照明をつける。

目の前にある高級そうなキングサイズのベッドを見て、心臓の鼓動が速くなった。

彼は自分のコートとスーツのジャケットをかなぐり捨てると、私のコートを脱がし、下に着ていたワンピースのジッパーを下げてあっという間に取り去った。

床に落ちるコートとワンピース。

私が今身につけているのは、ブラとショーツだけ。

咄嗟に胸を隠すも、沖田くんに手を掴まれた。

「隠すなよ。もったいない。雪乃って身体は華奢《きゃしゃ》なのに胸はあるんだな」

もうどう呼吸していいのかわからない。

「あんまり見ないで」

伏し目がちに懇願するが、彼は楽しげに笑った。

「この状況で見ないわけないだろ？　じっくり見るよ」

きっと彼はドSに違いない。

「意地悪」

上目遣いに睨む私を沖田くんはベッドに押し倒した。

「意地悪で結構」

柔らかなベッドに沈む身体。

彼もベッドに上がってきて、私にゆっくりとキスをしながら自分のネクタイを外してシャツを脱ぐ。

シーツは冷たいのに彼の唇はとても温かい。

今までこのベッドで何人の女性を抱いたのか。

ふとそんなことを思ったら、彼と目が合った。

「俺以外のこと考えてるだろ？」

「……考えてない」

目を逸らして否定したが、彼は私の耳元で囁いた。

「嘘つき。まあ、もうなにも考えられなくさせるけど」

クスッと笑って彼が私のブラを外すと、胸に冷たい空気が触れるのを感じた。

恥ずかしい。

胸をまた隠そうとしたがやめた。好きな人と愛し合うなら誰もが通る道だから。

「綺麗だ」

沖田くんは私に微笑むと、首筋や鎖骨、それから胸に口づけた。

彼が与える刺激にビクンと身体が動く。

沖田くんは片方の胸を手で愛撫《あいぶ》しながら、もう片方の胸の先端を舌を使って舐め上げた。

「あっ……」

快感に悶《もだ》え、声をあげて両手でシーツを掴む私。

彼の生温かい舌の感触。私の胸を刺激する彼の手。

くすぐったい気もするけど気持ちいい。

「胸弄《いじ》られるの好きみたいだな」

私の反応を見て彼がふっと笑うので、「いや、言わないで」と抗議した。

「これからもっと気持ちよくなるよ」

沖田くんは私の胸をたっぷりと愛撫すると、手を下に動かして私の秘部に触れてきた。

怖い！

その時ある記憶が蘇《よみがえ》って、思わず足を閉じて抵抗した。

もう十年以上前のことだから男性に触れられても大丈夫だと思っていた。

日常生活で男性と手が触れても怖くはない。
今だって沖田くんにキスされても、胸を触られてもなんともなかった。
なのに、秘部に触られると怖くなる。
過去はまだ私を苦しめるのか。
実は高校三年の時、私は同級生にレイプされそうになった。
相手は私の将来の夫。
身体を強張らせる私を沖田くんはギュッと抱きしめる。
「大丈夫。怖くない。俺を信じろよ」
私に甘く囁く彼にコクッと頷いて身を委ねる。
相手は沖田くんだ。怖くない。
彼はあの人とは違う。
そう思ったら、次第に恐怖を感じなくなった。
彼がゆっくりと時間をかけて私に快感を与えてくれたからかもしれない。
ズボンと下着を脱いで避妊具をつけようとする彼を止めた。
「いい。ピルを飲んでるから」
月経不順で私は普段からピルを使用している。肌で直接彼を感じたかった。

沖田くんが私を気遣いながら身体を重ねてきたが、その痛みに思わず顔をしかめる。

「ごめん。痛かった？」

身体を引こうとする彼の背中に腕を回してギュッと抱きついた。

慣れてないから痛いけど、途中でやめられる方が辛い。

「平気。やめないで、沖田くん」

今を逃したら、彼と愛し合う機会なんてもうない。

私が懇願すると、彼はこの上なく優しい声で訂正した。

「怜だよ」

一気に彼が私の中に入ってくる。

痛かったけれど、彼とようやくひとつになれて嬉《うれ》しかった。

「怜」

初めて彼を下の名前で呼ぶ。

まるで夢を見ているみたい。

好きな人に抱かれることがこんなに幸せなんて初めて知った。

心も身体もなんだかあったかい。

ずっとこのままでいたい。

ずっと……。

でも、それは叶《かな》わぬ夢。

求められるまま身体を重ねて、彼以外のすべてのことを忘れた。

途切れ途切れになる意識。

「……雪乃？」

彼に名前を呼ばれて「うん」と返事をしたが、もう目が開かなかった。

「怜……ありがと」

一夜だけでもあなたに抱かれてよかった。

彼の胸にギュッと抱きついてそう呟《つぶや》くと、そのまま意識を手放した。

第二章　今は春が嫌い

ザーッと雨の音がする。

いや、これはシャワーの音。

夢か現《うつつ》かわからない状態でそう思ったのだけれども、沖田くんに抱かれたことを思い出してハッと目覚めた。

身体がダルく、下腹部がなんとなく痛い。

上体を起こし、自分の身体に目を向けると、なにも身につけていなかった。

甘い夢から一気に現実に戻る。

アルコールを飲んだこともあって大胆なことをしてしまった。

同期で上司でもある彼と寝てしまったけれど、後悔はしていない。

沖田くんにとっては昨夜のことは遊びだっただろうに、優しく抱いてくれた。

この思い出を胸にこれから生きていこう。

ベッドを出ると、床に落ちていた下着を素早く身につけ、ワンピースとコートを手に取り、そっと寝室を出る。

沖田くんと顔を合わせる勇気がなかった。

だってなにを話していいのかわからない。

恋人でもないのに身体を重ねたのだ。私が経験がないのはバレバレだったはず。

「どうして俺と寝た？」って理由を聞かれたら、きっとなにも答えられない。

彼がバスルームから出てくる前にここから出ていかないと……。

どうせ会社で顔を合わせることになるけれど、心を落ち着かせる時間が必要だ。

こんな状況は初めてだし、動悸《どうき》も激しくて、頭がまともに働かない。

落ち着け、落ち着くのよ。

自分に必死に言い聞かせる。

ワンピースを頭から被るが、焦っているせいでジッパーが布地に絡んでうまく上がらない。

「ああ、もうなんでこんな時に！」

小さく毒づき唇を噛《か》む。

ぐずぐずしてはいられない。

ジッパーを上げるのは諦めてコートを羽織ると、玄関に転がっていたバッグを手に取り靴を履いて彼の部屋を出た。

それだけで息が上がっている。

だが、のんびり休む暇はない。

エレベーターに乗り、バッグの中を探ってスマホを取り出した。

時刻は午前六時十分。

アプリを開いてタクシーを呼び、手櫛《てぐし》で髪を整える。

マンションを出ると、停まっていたタクシーに乗り、急いで千駄ヶ谷《せんだがや》にある会社の寮に帰った。

今日が休みならよかったのだけれど、金曜日で普通に会社がある。

息つく間もなくコートと服を脱いですぐにシャワーを浴びるが、身体中に彼がつけたキスマークがあってびっくりした。

首筋にも胸元にもお腹にも……至るところにある。

沖田くんって結構エロい。なぜこんなに痕をつけたの？

着ていく服に困るじゃない。

シャワーを浴び終えると、黒のタートルネックにカーキ色のロングスカートを着た。

次にメイクをするが、昨日化粧を落とさなかったせいか肌がボロボロ。

朝帰りしたのも、男性の部屋に泊まったのも初めてだ。

父親が知ったら、「すぐに福井に帰ってこい」とカンカンに怒るだろう。

父は亭主関白で、子どもにもとても厳しかった。私は父に支配されていたと言ってもいい。

そんな私が東京でひとり暮らしをしているのは、強姦《ごうかん》未遂の件があったから。

私がレイプされそうになった日、心も身体もボロボロの状態で帰宅した私を見て母はすぐに察したようで、誰にも言わず病院に連れていった。

強姦されそうになった時に必死に抵抗してできた傷や痣《あざ》。

おまけに制服もボタンがいくつかなくなっていた。

母にはすべて打ち明けたが、周囲の噂になるのを気にして同級生に襲われそうになったと警察には言えず、次の日から引きこもりになった私。

恐怖で学校になんて行けなかった。

だって同じクラスの男子に襲われたのだ。

たまたま誰かが通りがかって未遂に終わったが、運が悪ければそのままレイプされていただろう。

引きこもる私を見て、母は東京の叔母の家に行くことを勧めた。父も世間体を気にして渋々承諾。

大学は東京の学校を受験し、就職する時も福井に帰らなかった。上京してから福井に帰ったのは母と祖母のお葬式だけ。あの忌まわしい出来事を忘れたかった。

もう福井には戻らないつもりでいたのに、私の結婚が決まって……。

しかも、最悪なことに相手は私を犯そうとした同級生。

婚約の話を聞いた時は、絶対に受け入れることができなくて、父に破棄するようお願いした。

『お父さん、この縁談断ってほしいの』

私の話を聞くや否や、父は眉根を寄せた。

『どうしてだ？　誰か付き合ってる奴でもいるのか？』

『いないけど、実は……私、高校生の時に彼に襲われそうになったの。とても怖かった。だから、お願い。この縁談断って！』

必死に頼んだが、父は首を縦に振らなかった。

『彼はお前のことが好きでたまらなかったんだろう。それに、今さらもう後戻りはできない。お金だって借りている』

『嫌よ。私は彼と結婚なんてしない！』

泣きながら抗議する私を、父は頭ごなしに怒鳴った。

『お前に拒否権なんてない。大人しく従え！』

『絶対に嫌！』

怯《ひる》まず自分の主張を繰り返す私に、父は激昂《げきこう》して手を上げた。

『煩《うるさ》い！　口答えするな！』

父に頬を思い切り叩かれてショックだった。

所詮、父にとって私は娘という名の道具にすぎない。私の気持ちなんてどうでもいいのだ。

三つ上の兄でも父には逆らえないと思う。兄がフランスのブランド企業で修行すると言った時、父が渡航費用を全部出したのだから。

福井に戻って結婚したら、私は精神的に壊れるかも。

山本家で唯一父に意見できた母は私が大学生の時に亡くなってしまったし、私の味方はもう誰もいない。

サッと身支度を整えると、会社に向かった。

沖田くんに会ったらどうするか電車の中で悩んでいたのだけれど、会社に着いてみると、彼は朝から客先に向かっていていなかった。

「山本さん、おはよう。沖田課長になにか用事？　さっきトラブル対応で品川《しながわ》に行くって連絡あったけど。どうやら用地買収で相田《あいだ》がポカしちゃったみたいでさあ」

私が沖田くんのデスクに目を向けていると、渡辺くんがそんな話をしてきてホッとした。

助かった。これでしばらくは時間が稼げる。

私にはもう少し心を落ち着かせる時間が必要だ。同期の彼と寝て平気でいられるほど図太い神経はしていない。

「ちょっと確認したいことがあってね。沖田くんも大変だね」

にこやかに返して席に着くと、パソコンを立ち上げながら沖田くんとどう接するべきか考えた。

彼にとっては昨日のことはたいしたことではないはず。だとしたら、いつも通りでいいじゃないか。避ければ変に思われる。

悩む必要なんてない。彼に会っても動揺するな。

自分に必死に言い聞かせたが、頭も身体もずっと緊張状態だった。

全身がアンテナのようになっていて、沖田くんがいつ現れるかとビクビクしている。

「雪乃先輩、なんか顔色悪いですけど、大丈夫ですか？」

メールを処理しつつ沖田くんの対応に悩んでいたら、亜希ちゃんの声が聞こえてハッとした。

「うん。昨日ちょっとアメリカのドラマ観てたら止まらなくなっちゃって」

咄嗟にそんな言い訳をしたら、彼女がチョコをくれた。

「先輩、これ食べて元気出してください。義理チョコの余りですけど」

「ありがとう。ねえ、今大丈夫？　隣の会議室で話したいんだけど」

沖田くんがいないうちに彼女に退職のことを伝えよう。これ以上先延ばしにはできない。

「……はい」

少し怪訝そうな顔をする亜希ちゃんと会議室に移動する。

十二畳くらいの部屋に八人掛けのテーブルと椅子があって、私と彼女は奥の席に隣り合って座った。

「急にどうしたんです？」

少し緊張した面持ちの彼女の目を見てゆっくりと告げる。

「あのね……私、三月末で退職することになったの」

「え？」

私をジッと見て固まる彼女。

突然だもの。そりゃあ驚くよね。

「本当ですか?」

ショックを受けている亜希ちゃんに向かって小さく頷いた。

「うん。ごめんね。私もずっとここで働きたかったんだけど、父に帰ってこいって言われちゃって」

私の話に彼女は納得したように小さく頷いた。

「先月おばあさんも亡くなったから大変なんですね」

「そうなんだ。それで亜希ちゃんに私の仕事を引き継いでほしいの」

「それはいいですけど、先輩がいないと寂しくなります」

涙目でギュッと唇を噛む彼女の肩にそっと手を置く。

「私も。気が向いたらいつでも福井に遊びに来てね」

「それはもちろん。このこと、沖田さんはもう知ってるんですよね?」

亜希ちゃんの質問にギクッとしたが、なるべく平静を装って答えた。

「ううん、知らない。亜希ちゃんの他に知ってるのは部長だけだよ。どうして沖田くんが出てくるの?」

「それは……その……同期で仲がいいじゃないですか。とにかく、沖田さんや渡辺さんたちにはいつ言うんですか？」

つっかえながら尋ねる彼女の言葉を聞いて少し安堵《あんど》する。てっきり「雪乃先輩は沖田さんのこと好きでしょう？」とかズバリ言われるかと思った。

「ずっと言うつもりはないの。部長にもお願いしたんだけど、誰にも言わないで。送別会とか開かれたくないし、同期の沖田くんや渡辺くんが知ったら引き止められそうだから」

〝同期〟を強調したが、きっと彼女は私の沖田くんへの気持ちに気付いているに違いない。

「ああ。沖田さんたちならここに残れって毎日説得しそう」

亜希ちゃんは私の話に合わせるように相槌《あいづち》を打った。

「うん。それが辛いから内緒にしてて。お願い」

手を合わせて亜希ちゃんにお願いすると、彼女は涙を拭いながらハーッと息をついた。

「仕方ないですね。あ〜私、沖田さんや渡辺さんに恨まれるなあ」

「部長も同じようなこと言ってたよ。ごめんね」

退職の話をした時、部長も『僕、部のみんなに怒られちゃうな』と苦笑いしていた。

「先輩のコピー人形作っておいてほしいです」

亜希ちゃんがちょっと笑ったので安心した。

「亜希ちゃん、それは不気味だからやめて」

真顔で拒否して、彼女とクスクス笑い合う。

私はいい後輩をもって幸せだ。

きっと私が突然いなくなってみんな驚くに違いない。でも、二週間もすれば私のことなど忘れるだろう。代わりの人間なんていくらでもいる。私は会社の歯車のひとつでしかないのだから。

少し寂しいけれど、だからこそ安心して去ることができる。

その後、私も亜希ちゃんも業務に戻るが、引き継ぎに関しては隣の席にいるのに彼女とチャットを使ってやり取りした。

【引き継ぎマニュアルをひとつドライブに入れておいたから、時間がある時に見ておいてね】

私がそんなメッセージを送れば、彼女もすぐに返す。

【了解です。誰もいない時にこっそり確認して、なにかわからないことがあれば聞き

ますね】

油断すると誰に勘づかれるかわからない。

すでに沖田くんに部長とのやり取りを怪しまれている。

彼のメールが何通かきたけど、全部仕事案件だった。公用メールを私用で使うわけがないとわかっているのに、彼からメールが届くたびにビクッとする。

そんな精神状態だったから、お昼もあまり食欲がなくて社食のかけうどんで済ませた。

夕方になっても沖田くんは戻らず、またひとり残ってマニュアルを作成し、午後八時すぎにオフィスを出たら、一階のエレベーターホールで沖田くんにばったり会った。

「あっ……お疲れさまです。お先に失礼します」

思わず声をあげ、軽く頭を下げて挨拶した。

頭は混乱状態。

あー、私って馬鹿なの？ 今日は会わないと思って油断した。

なんの心の準備もできていなかったものだから、同期なのに敬語で挨拶してしまった。

私が意識してるのがバレバレだ。

なにか言われる前に沖田くんの前から立ち去ろうとしたら、彼に手を掴まれた。

「なんで逃げる？」

ビックリして沖田くんの顔を見たら、顔をしかめていて明らかに機嫌が悪そうだった。

「なんでって……家に帰るだけ」

小声で答える私を、彼は真っ直ぐに見据える。

「だったら、今日も特に予定はないんだな。夕飯付き合えよ」

「え？　でも……昨日も一緒に食べたじゃない」

戸惑いながら返す私に、彼はどこか冷ややかな口調で問う。

「昨夜の話、ここでする？」

その言葉を聞いて瞬時に青ざめた。

「……行きます。だから、手を離して」

オーケーしたが、彼は手を離してくれない。

「ダーメ。山本、今にも逃げそうな顔してるから」

「ちょっと……誰かに見られたら変に思うよ」

周囲を気にしつつ遠慮がちに抗議するが、彼は平然とした顔で言い返した。

「俺は別に困らないけど」

沖田くんがよくても私が困る。それに彼の態度が少し冷たく感じるというか、どこか刺々《とげとげ》しい。

「沖田くん、なにか怒ってる？」

恐る恐る尋ねたら、彼は営業スマイルを浮かべて答えた。

「ああ。怒ってる。ようやく気付いてくれて嬉しいよ。さあ、乗って」

彼がタクシーを捕まえて、有無を言わせず私を乗せる。

なにをそんなに怒っているのか。ニコニコ笑顔が逆に怖い。

こんなに機嫌が悪い彼は初めて見る。

「トラブル対応でなにかあったの？」

沖田くんが心配で尋ねるが、彼は一瞬呆気に取られた顔をして、溜め息をつきながら返した。

「トラブル対応でクタクタではあるが、それが原因で怒ってるわけじゃない。運転手さん、赤坂《あかさか》までお願いします」

タクシー運転手に行き先を告げる彼は、確かに疲れた顔をしている。

「トラブルじゃないなら、なにが理由で怒ってるの？」

「後で話す。もうホント今日は疲れた」

ネクタイを緩めてシートにもたれかかる彼に、同情するように声をかけた。

「なんだかよくわからないけど、大変だったね」

「雪乃の自覚のなさに脱力する」

私をじっとりと見て寄りかかってくる彼。

「ちょっ……沖田くん？　どうしたの？」

沖田くんの行動に驚いて尋ねると、彼はふーっと息を吐きながら目を閉じた。

「しばらく肩貸して。落ち着く」

心臓はバクバク。

こんなに疲れて怒ってるってことは、誰か役員になにか言われたのかな？

でも、私が自覚ないってどういうこと？

突っ込んで聞きたいけれど、疲れて目を閉じている彼にしつこく聞くのはかわいそうだ。

それにこんな無防備な彼を見るのは初めて。疲れていても美形は美形。

ジーッと見入ってしまう。

十五分ほどでタクシーは数寄屋《すきや》造りで趣きのあるお店の前で停車した。

「お客さん、ここでいいですか？」

運転手の声で沖田くんが目を開けて店を確認する。

「ええ」

彼が支払いを済ませてタクシーを降りると、雪が舞っていた。

空気が冷たくて、吐く息も白い。

『おちょこ』と書かれた藍色の暖簾《のれん》をくぐって店に入ったら、五十代くらいの和服姿の女性が出迎えた。

「まあ沖田の坊ちゃん、ようこそお越しくださいました」

「いつもの部屋が空いてたら頼むよ」

沖田くんが店の人ににこやかに言って靴を脱ぐ。

玄関には椿《つばき》の花が飾られ、壁には著名人の書が飾られている。磨き上げられた廊下や提灯の優しい灯りに和の上品さを感じた。静かで落ち着いた雰囲気だ。

なんだか敷居が高そうな店。

一見《いちげん》さんお断りとかそういう店なのかな？

ボーッと突っ立っていたら、彼に呼ばれた。

「ほら、雪乃も靴を脱ぐ。ここで食べるから」

「あ……うん」

　気後れしながら返事をして私も靴を脱ぐと、店の人が廊下の突き当たりを曲がったところにある部屋に案内してくれた。

　銘木や土壁を配した六畳くらいの部屋で、畳の匂いに癒やされる。

　中央にはこたつが置いてあって思わず声をあげた。

「赤坂でこたつってすごいね！　古民家みたい」

　私の感想を聞いて、沖田くんが頬を緩める。

「田舎みたいで好きなんだ。ここのちゃんこ鍋美味しくて」

「こたつのお店って初めて。今日は雪が降ってるからあったまれるね」

　ふたりでこたつに入り、彼がちゃんこ鍋と日本酒をオーダーする。

　朝から彼と会ったらどうしようかと散々悩んでいたのだけれど、こたつに救われた。

「いいなあ、こたつ。このまま寝そう」

「食べる前に寝るなよ。身体は大丈夫なのか？　昨日痛がってたから」

　いきなり彼が昨夜の話題を持ち出してきて固まった。

　まさかこたつに感動しているこのタイミングで聞いてくるとは思わなかった。こういうところ、策士だなって思う。人を懐柔して安心させておいていきなり斬り込んでくるのだから。

「……大丈夫。今日も普通に仕事したから」

もうこの話題を終わらせたかったのに、彼の質問は続いた。

「なんでなにも言わずに帰った？　俺が今日怒ってるのはそのこと」

ジッと私を見据える彼から少しずつ目を逸らす。

「そ、それは会社があって慌ててて。沖田くんとはまた会社で会うからいいと思ったの」

必死に言い訳したが、彼が身に纏《まと》っている空気がピリピリしていて声が尻すぼみになる。

「雪乃に何度もＬＩＮＥ送ったんだけど」

「え？　嘘！」

驚きの声をあげながらバッグを探ってスマホを取り出し、画面を確認する。

確かに沖田くんからメッセージが三件届いていた。

朝、昼、夕方とＬＩＮＥが来ている。

【どうしてなにも言わずに帰った？】

【身体は大丈夫なのか？】

【俺が会社に戻るまで帰るなよ】

まさかメッセージを送ってくるなんて思ってもみなかった。

沖田くんに会社で会ったらどう接しよう……それしか頭になかった。

「その様子だと見てないみたいだな」

テーブルに片肘をついて呆れ顔で言う彼に伏し目がちに謝った。

「ごめん」

最近、実家から電話がかかってくるのが嫌でスマホはなるべく見ないようにしている。しかし、その理由を話せば、いろいろ彼に聞かれるだろう。

「もういい。次からは勝手に帰るなよ。心配したんだ」

彼が私の頭をクシュッとする。その顔は優しく微笑んでいてドキッとした。

『次からは勝手に帰るなよ』ってどういう意味？

一夜限りのことじゃないの？

沖田くんに聞こうとしたら、鍋が運ばれてきた。

ひとり暮らしだし、実家にもほとんど帰らないから鍋を食べるのは久しぶり。しかもこたつだ。

昔は祖母と母と兄、それに私の四人で鍋を食べたっけ。父は接待があって夜はあまり家にいなかった。

鍋は醤油ベースで、鱈《たら》、えび、はまぐり等の海鮮や野菜がたっぷり入っている。

私が取り分けようとしたら、沖田くんが手に皿を持ち確認してきた。

「雪乃、嫌いなものある?」

「ううん。でも、私やるよ。沖田くん疲れてるでしょう?」

手を伸ばして取り皿をもらおうとしたら、彼に名前の呼び方で注意され手を止めた。

「その沖田くんってふたりの時はやめないか? 怜って呼ばないと、返事しないぞ」

「でも……会社で間違って言っちゃったら……」

周囲に変な目で見られることを想像して不安になる私を、沖田くんはじっとりと見た。

「でも、でもって反論しすぎだ」

「うっ、ごめん」

すぐに謝ると、彼はふっと笑って私の前に鍋の具を取り分けた皿を置いた。

「はい。雪乃の分」

「ありがと。沖田……あっ、怜ってこういうの慣れてるけど、妹とか弟いるの?」

部のみんなでバーベキューした時も、彼は火起こしから食材の準備まで全部仕切ってやっていて世話好き。部長はなにもせずボーッと椅子に座っていた。

「いや、ひとりっ子。ただ、高校、大学はイギリスで寮生活してたから自炊とか好きだし、女性にやらせるのが当然とは思わない。うちは母さんが料理苦手だったのもあるけど」

そういう考え方、素敵だと思う。父は家事とか全然やらない人だった。

「そう言えば、オックスフォード大出てたっけ？」

それはずっと前に渡辺くんから聞いた情報。怜が学歴をひけらかす人じゃないからすっかり忘れていた。

「ああ。雪乃は兄弟いるの？」

同期なのにこういうプライベートの話をするのは初めてだ。

「お兄ちゃんがひとり。大きくなってからはあまり話もしなくなったかな。私は上京したからそのまま疎遠になっちゃって。祖母の葬式の時も葬儀に関する話しかしなかった」

ずっと顔を合わせていなかったから、兄も私もどう接していいかわからないのだ。

「まあ、一緒に住んでないとそうなるのかもしれないな。姉妹なら違ったんだろうけど」

怜の言葉に頷き、手を合わせてまず鱈から食べる。

「そうだね。いただきます。あっ、味がしみてて美味しい」

ほくほく顔の私を見て彼は満足げに微笑み、おちょこにお酒を注いだ。

「それはよかった。日本酒も飲めば？」

「ありがと。いただきます」

両手でおちょこを持ってさっそく口にすると、辛口だけど後味がすっきりして飲みやすかった。

「私好みの味」

「雪乃はビールは苦手だけど、日本酒好きそうだな」

怜がクスッと笑うので私も気まずさを忘れて微笑んだ。

「お酒そんなに強くないけど、飲んで雰囲気を味わうのが好き」

鍋に日本酒にこたつ。なんだか幸せな気分。

明日は土曜で仕事はないし、ちょっと気持ちが楽だ。

それに、怜の尋問が終わってホッとした。

私が辞める前に亜希ちゃんとここに来れたらいいな。

「鍋っていいね。身体もあったかくなるけど、心もあったかくなる感じ」

「ああ。俺も鍋好きだな。こたつもうちに置きたくなる。実家にこたつないから」

リラックスした様子でそんな話をする怜。

「御曹司がこたつ入ってる図ってあんま想像できないね。バスローブ着てソファで優雅にシャンパン飲んでそう」

私の想像を彼は悪戯っぽく目を光らせて否定した。

「実際は部屋着着て、ソファで寂しくビール飲んでる」

「寂しくってのは嘘だよ」

彼の話にすかさず突っ込んだ。

「ホント。家に帰ると誰もいないし、最近なんのために働いてるのかって思う」

急に真面目な顔で悩みを口にする彼がちょっと心配になった。

完璧な人だけど、人間だもの。私と同じように不安があるはず。

「怜はひとりで全部背負ってるからじゃない？　もっと肩の力抜くといいんじゃないかな。今のペースでいくと、四十になる前に燃え尽きちゃうよ」

私のアドバイスに怜はお酒を飲みながら小さく笑った。

「そうだな。努力するよ」

「無理しないでくださいね、沖田課長」

おどけて言ったら、彼は「その呼び方やめろよ。雪乃に言われるとなんか気持ち悪い」と顔をしかめた。

「ごめん。ちょっとふざけた」

ふふっと笑って熱々のエビを頬張る。

私、普通に彼と話せている。

そのことが嬉しかった。

気まずい状態で彼とさよならしたくない。笑って怜の前から去りたい。

「お酒もっとちょうだい」

おちょこを差し出してお願いしたら、彼はスーッと目を細めた。だが、その目はどこか楽しげだ。

「課長の俺に命令か？」

「そう。沖田怜、お酒を注ぎなさい」

クスクス笑って命じれば、彼はわざと芝居がかった態度で意見する。

「はいはい、女王さま。ですが、飲みすぎて酔っ払っても知りませんよ」

「大丈夫。いつだって頭はクリアですから」

自信を持って言う私に、怜はにっこりと微笑んだ。

「忠告はしましたよ、女王さま」

彼が注いでくれたお酒は、嫌なことを忘れるくらい美味しかった。

お酒を飲めば飲むほど忘れられるような気がする。

「沖田怜、もっとちょーだい」

私の命令に彼はとびきりの笑顔で応じる。

「かしこまりました、女王さま」

お酒を飲んで、だんだん身体がふわふわしてきた。

いつもこの辺で飲むのをやめるのだが、今夜は飲み続けた。

「……このまま時が止まったらいいのに」

お酒を飲んで酔ったのか、ついそんな本音が漏れる。

「どうして？」

怜に聞かれたが、瞼《まぶた》が重くなってきてすぐに答えられなかった。

「ん？　……楽しいから」

「楽しいことなんてこれからももっとあるだろ？」

あれ？　怜の声が遠くなる。

それに、彼の顔がぼやけて見える。

「今までは……春が来るのが……待ち遠しかった。でも……今は……春が……嫌……い」

怜になにを言ってるんだろう。彼が変に思うじゃない。

でも、自分でもどうにもできないのだ。口が勝手に動く。

「雪乃、目据わってるけど大丈夫か？」

心配そうな顔をする彼をジーッと見た。

「頭は……クリアだよ。でも……今日は……本当に……怜が……三人……いる」

ハハッと笑いながら呟いて、目を閉じる。

ダメだ。もう目が開かない。

寝ちゃいけないと思うけれど、このままでいたい。

だって、怜がいてとっても幸せな気分だから。

「雪乃眠いの？」

「……眠いけど……平気。電車が迎えに来て……くれる」

私の返答に怜がククッと笑う。

「いや、電車はさすがに迎えに来ないよ」

「……来る」

遠くなる意識。
なんだか身体が浮いて、ゆっくり揺れているような感じがする。
まるで海に漂っているような――。
それから彼となにを話したのか覚えていない。
静かな闇が私を包み込み、穏やかな眠りに誘われた。

第三章　同期で、部下でもある彼女

「鍋っていいね。身体もあったかくなるけど、心もあったかくなる感じ」

すっかり寛《くつろ》いだ様子で微笑む雪乃の話に小さく頷いた。

「ああ。俺も鍋好きだな。こたつもうちに置きたくなる。実家にこたつないから」

今日は朝から心が休まらない日だった。

昨日の夜、彼女をうちに連れ帰って一夜を共にしたのだが、今朝俺がシャワーを浴びている間に彼女はいなくなっていた。

雪乃は俺の同期で、美人で優しく、うちの男性社員の憧れの存在。

だが、彼女に恋人がいるという話は聞いたことがない。

週末合コンに出かけるような女性社員とも違うし、どこか聖女的なイメージだった。

そんな雪乃の誘いに乗り、彼女を抱いた。

雪乃とは付き合いが長く、気心が知れていたが、お互い男女の関係になることはそれまでなかった。

入社してから彼女とはずっと部が一緒で、仕事ではいつも俺の意図をわかってさりげなくサポートしてくれる。雪乃は俺にとって戦友と言ってもいい存在だった。

その関係を壊したくなくて女として見なかったような気がする。

だが、最近部長と雪乃が俺に隠れてこそこそなにかやっているのに気付いてからは、なんだか妙な胸騒ぎがして彼女のことを女として意識するようになった。

仕事をしていても彼女のことが頭から離れず、嫌な夢まで見るようになった。

それは、ある日突然彼女が消える夢。

渡辺に聞いても沢口さんに聞いても雪乃の行方はわからなくて、俺が世界中探し回る。

どんなに探しても雪乃が見つからない。

そこでハッと目が覚める。

ジムで運動した時よりも汗だくで、息が苦しくてもう喪失感が半端ない。

彼女がいなくなるのは恐怖だった。

それで初めて気付いた。

俺は雪乃が好きなんだって――。

昨日客先からそのまま直帰せず、わざわざ会社に戻ったのは、渡辺から雪乃がまだオフィスにいるという連絡をもらったから。

書類を取りに戻ったと彼女に言ったのは真っ赤な嘘だ。

昨日食事に誘っていろいろ尋問したが、雪乃は正直に話してくれなかった。

『最近悩んでないか？　先月おばあさんの葬式で帰郷して以来、山本の様子がおかしい』

俺が尋ねると、彼女はその瞳に暗い影を落としながら答えた。

『大好きなおばあちゃんが亡くなったからショックだったの』

もっともらしい答え。確かにショックだったとは思うが、他にも悩んでいることがあるはず。なのに俺には打ち明けない。

彼女の返答に納得できず、今度は違う質問をした。

『じゃあ、最近部長とこそこそしてるのは？』

『ちょっと実家のことで相談してて……祖母の葬儀でゴタゴタしてたから』

また当たり障りのない答えが返ってきて溜め息をつきたくなった。

まあ素直に白状するとは思っていなかった。予想通りっていうか……。

雪乃の前に竹下《たけした》部長にもそれとなく聞いたが、こちらもごまかされたから。

『さっき山本となにを話していたんですか？　ずっと彼女、部長室から出てきませんでしたけど』

『ああ。僕の健康診断の結果があまりよくなくてね。そのことを話したら、間食は禁止ですって山本さんにお説教されちゃってさあ。でもねえ、ついついお饅頭《まんじゅう》とか食べたくなるんだよね』

ハハッと笑って膨らんだお腹をさする部長を見てイラッとした。

竹下部長は小柄で恰幅《かっぷく》がよく、優しいおじいちゃんのような人柄が女性社員にうけている。多くの社員には無能な部長に思われているが、実はなかなかの切れ者。自分は動かないが、社員にやる気を出させてうまく使う。

社長である父も竹下部長のことは信頼していて、彼は四月の人事で常務に昇進予定だ。

『部長はもうちょっと運動したらいいと思いますよ』

俺がそんなアドバイスしたら、竹下部長は意味深に返した。

『そうだね。病気になったら奥さんに怒られるしね。頑張ろうかな。沖田くんもさあ、いい子がいたら迷わず結婚した方がいいよ。いつもそばにいるとは限らないからね』

暗に雪乃のことを言ってるような気がして心穏やかではいられなかった。

部長なりの俺へのメッセージなのかもしれない。

おそらく雪乃になにか口止めされているのだ。だから俺に言えない。

明らかになにかあるのに雪乃が俺には秘密にしているのが辛い。

それに言い知れない不安が俺の胸に広がる。

彼女が本当に俺の前から消えたら？

悪夢が現実になりそうで怖かった。

だが、昨夜は無理矢理聞き出すのは諦め、単純に料理を楽しもうと思った。

最近の彼女は明らかに痩せていて、ちゃんと食事をさせたかったのだ。

叔父の店のステーキが気に入ったのか、美味しそうに食べる雪乃を見て安堵した。

その後、シャンパンを飲んで少し酔った彼女をタクシーで送っていこうとしたのだが、予想外のことが起こった。

『沖田くん心配性。全然ひとりで……帰れるのに』

少し膨れっ面で文句を言う彼女を見て、ますますひとりでは帰せないと思った。

酔って子どもっぽくなっている。

『今の状態だと駅の階段踏みはずして怪我する。住所は？　まだ寮に住んでたっけ？』

俺の質問に彼女は『住所……ね』と呟き、ちょっと考えるような表情をして、また口を開いた。

『家に帰りたくないって言ったらどうする？』

雪乃がそんな小悪魔的な発言をしたことに驚いたものの、その誘いに乗った。

彼女は少し酔ってはいたが、物事の判断はついていたから。

『じゃあ遠慮なく』

他の女なら断っていたが、雪乃なら話は別だ。このチャンスを逃すわけがない。

彼女の気が変わらないうちに俺のマンションに連れ帰った。

もちろん雪乃が戸惑いを見せれば、抱くことはなかっただろう。惚れた女に無理強いはしない。

誘う以上多少なりとも彼女に経験があると思っていたのだが違った。彼女を抱くのは俺が初めてだった。

最初からひどく緊張していて、キスもどこかぎこちなく、あまり男性には慣れていないんだと知って嬉しかった。

俺に裸を見られるのも彼女は恥ずかしがっていて……。

ひょっとしたら今まで経験がない？

そんな疑問を抱きつつも、彼女を抱いた。

身体を重ねた時に顔を歪《ゆが》めた雪乃。そこで彼女が初めてだったとはっきりわかった。

『ごめん。痛かった？』

気遣うように言ってそこでやめようとしたら、雪乃に止められた。

『平気。やめないで、沖田くん』

その声を聞いて愛おしさが込み上げてきた。

『怜だよ』

呼び方を訂正した時、彼女を一生自分のものにしようと心に誓った。

できるだけ無理をしないように優しく抱いて、朝起きたらいろいろ話をしようとしたのだが、逃げられた。

どうして俺になにも言わずいなくなったのか。

普通に考えれば、昨夜俺と身体を重ねたことを後悔しているということ。

会社に行って雪乃に理由を聞こうとしたが、朝早く部下から電話があって一緒に客先へと謝罪に行き、その後も取引先への説明で日が暮れるまで会社に戻れなかった。

その間何度か雪乃にメッセージを送ったが、既読にさえならない。

俺とのことを悔やんで、悩んでいるのだろうか。

渡辺にLINEでそれとなく彼女の様子を聞けば、【山本さん、普通に仕事してるよ】という返答でホッと胸を撫《な》で下ろす。

しかし、いまだかつてないくらい俺は動揺していた。

彼女はどうして俺を誘ったのだろう。

雪乃が興味本位で男の家に行く女ではないのは、経験がなかったことからもわかる。

そんな彼女が好きでもない男を誘うわけがない。

彼女も俺に惚れている？

だから、俺に拒絶されてもいいように、冗談めかして誘った？

彼女の行動に対する戸惑い、苛立ち、不安……いろんな感情がごちゃ混ぜになって俺を苦しめる。

いつだって冷静な俺が惚れた女のことでこんなに心乱されるなんて初めてだった。

取引先での仕事を終わらせ、急いで会社に戻る。

なんとしても彼女を捕まえて話をしたかった。

運よくエレベーターの前で彼女に会うが、その挨拶を聞いて驚いた。

『あっ……お疲れさまです。お先に失礼します』

一応彼女の上司ではあるが、同期ということもあって敬語で挨拶されたことはない。

俺と会って動揺しているのか、それとも避けようとしているのか。

いずれにせよ逃がさない。

『なんで逃げる？』

苛立ちを抑えながら尋ねるが、俺の怒りが伝わったのか彼女はか細い声で答えた。

『なんでって……家に帰るだけ』

『だったら、今日も特に予定はないんだな。夕飯付き合えよ』

俺の誘いに困惑する彼女。

『え？　でも……昨日も一緒に食べたじゃない』

俺を避けるようなそのセリフにちょっとムッとした。

じゃあ、明日食事に誘えばオーケーするのか？

そう言い返したいのを抑え、確実に彼女が従うような言葉を投げた。

『昨夜の話、ここでする？』

意地が悪いと思いつつもその話題を持ち出すと彼女は折れたが、俺がどうして怒っているのかわかっていなかった。

雪乃が勝手にいなくなったせいなのに、当の本人は仕事でなにかあったと勘違いしている。この無自覚さ。もう怒りを通り越して呆れる。

多分彼女は俺が遊びで抱いたとでも思っているのだろう。

俺が女たらしというような噂が社内に流れているのは知っている。

だが、就職してからというもの、女性とデートもしていない。

学生時代はそれなりに遊んでいたが、今は仕事が恋人のようなもので、週末はひとりで過ごしている。しかし、そんな実態を雪乃は知らない。

噂を信じて俺が心配するとかまったく頭になかったのではないかと思う。

自分のスマホすら見ていないのだ。

雪乃と話をして俺の気持ちをわからせる必要がある。だが、お互い落ち着いて話ができる精神状態ではないような気がしたから、お気に入りの店に連れてきた。

それは正解だったようで、一緒に鍋を食べているうちに、俺も彼女もリラックスしてきた。

「御曹司がこたつ入ってる図ってあんま想像できないね。バスローブ着てソファで優雅にシャンパン飲んでそう」

考え事をしていたら、雪乃の声がしてハッと我に返った。

「実際は部屋着着て、ソファで寂しくビール飲んでる」

少しおどけて話す俺に、彼女が突っ込んだ。

「寂しくってのは嘘だよ」

「ホント。家に帰ると誰もいないし、最近なんのために働いてるのかって思う」

ついそんな悩みを口にしたら、彼女は親身になって助言してきた。

「怜はひとりで全部背負ってるからじゃない？　もっと肩の力抜くといいんじゃないかな。今のペースでいくと四十になる前に燃え尽きちゃうよ」

確かに燃え尽きるかも。自分の未来になんの希望も持てない。

仕事はやり甲斐《がい》があるが、それだけの人生は寂しい。

父も最近よく見合いを勧めてきて、パートナーも必要だと考えるようになった。

だが、誰でもいいわけではない。いいところのお嬢さんを紹介されるが、あまり気乗りせず断ってしまう。

相手が求めているのは御曹司の沖田怜であって、俺自身ではないし、突然会った俺も見合い相手になんの魅力も感じない。すでに雪乃のことが頭にあるからだと思う。

雪乃が奥さんになるなら、結婚しても楽しいだろうな。五十年後も笑い合って暮らしているような気がする。

「そうだな。努力するよ」

ニヤリとする俺に雪乃は楽しそうに返した。

「無理しないでくださいね、沖田課長」

お酒も入ってかなり寛いだムードになり、雪乃も俺のことを警戒しなくなった。

「お酒もっとちょうだい」

酒を注ぐよう命令する彼女にわざと高圧的な口調で問う。

「課長の俺に命令か？」

「そう。沖田怜、お酒を注ぎなさい」

笑い上戸なのか、彼女はいつも以上にはしゃいで俺に命じた。

「はいはい、女王さま。ですが、飲みすぎて酔っ払っても知りませんよ」

ニヤリとしながら注意したが、彼女は聞かない。

「大丈夫。いつだって頭はクリアですから」

この無防備さに呆れるが、俺には好都合。

俺に心を許しているからか、それともお酒を飲んで緊張が解れたのかはわからないが、彼女が酔い潰れてしまえば逃げられない。

「忠告はしましたよ、女王さま」

にっこり微笑んで酒を注ぐと、彼女はとても楽しそうに飲んだ。

「沖田怜、もっとちょーだい」

また酒を要求する彼女に今度は素直に従う。

好きな女に呼び捨てにされるのも悪くない。

「かしこまりました、女王さま」

そんな調子で彼女は酒を飲み続けたが、俺も止めなかった。

かなり酔ったのか、彼女の目がトロンとしてきて……。

「……このまま時が止まったらいいのに」

不意にどこか悲しげに呟く彼女に優しく尋ねた。

「どうして？」

雪乃はすぐには答えず、しばしおちょこを見つめ、子どものような口調で返した。

「ん？……楽しいから」

「楽しいことなんてこれからももっとあるだろ？」

俺の言葉に彼女は今にも寝そうな声でポツリポツリ答える。

「今までは……春が来るのが……待ち遠しかった。でも……今は……春が……嫌……い」

春が嫌い？

春になにか嫌なことがあるのだろうか？

もっと本人に詳しく聞きたいが、ちゃんとした会話は今の状態では無理だろう。

「雪乃、目据わってるけど大丈夫か？」

雪乃の顔をジッと見ると、ようやく目が合った。

「頭は……クリアだよ。でも……今日は……本当に……怜が……二人……いる」

笑って目を閉じる彼女の顔を覗《のぞ》き込んで確認する。

「雪乃眠いの？」

「……眠いけど……平気。電車が迎えに来て……くれる」

雪乃の発言がかわいくてつい笑ってしまう。

「いや、電車はさすがに迎えに来ないよ」

「……来る」

自分の主張を繰り返し、雪乃はテーブルに突っ伏した。

「雪乃、酒を注いだ俺が言うのもなんだけど、もっと警戒心持った方がいい。オオカミに簡単に襲われる」

席を移動して彼女の頬に触れるが、もう目を開けない。

今後酒の席ではあまり彼女に飲ませないよう注意しよう。

俺がいない時に泥酔されてはたまらない。

店の人に頼んでタクシーを呼んでもらい、雪乃を連れて家に帰ると、半分寝ている彼女の靴を脱がせた。

「雪乃、しっかり。もうちょっとでベッドだから」

家に上がった雪乃が、突然口を押さえて屈み込む。

「……うっ、気持ち悪い」

「吐きたいのか？」

俺が尋ねると、彼女は小さく頷いた。

酒、飲ませすぎたか。

雪乃を抱き抱えてトイレに運び、彼女に声をかけた。

「いいよ。吐いて」

屈んで嘔吐《おうと》する彼女の背中をさする。

五分くらい経って彼女が落ち着いてくると、今度はバスルームに連れていって、うがいをさせた。

だが、身体がぐったりしていて、俺が支えていないと倒れそうだ。

「……辛い」

青白い顔で呟く彼女の口元をタオルで拭う。

「吐いたからもう大丈夫だよ」

俺の言葉にコクッと頷くと、彼女は力尽きたのか洗面所の床に座り込んだ。

すぐに寝かせてやりたいが、このままでは風邪を引く。

「ちょっと着替え持ってくるから待ってて」

目を閉じて壁にもたれかかる彼女に言って、寝室から黒い部屋着を取ってきた。

「服、濡《ぬ》れてるから着替えよう。バンザイして」

「うん」

俺に言われたまま両手を上げる雪乃の上着を脱がし、部屋着を着せる。

子どもみたいに従順。素面《しらふ》だったら絶対に拒否するだろうな。

「次、スカート。立って」

彼女に手を貸して立たせるが、「ん……眠い」と目を擦るばかりでスカートを脱ごうとしない。仕方がないので俺が脱がした。

俺の部屋着が彼女には大きいせいか、太ももまで隠れる。

ズボンを穿かせるのは大変そうだし、とりあえずこのまま寝かせればいいか。

「じゃあ、ベッドに行こう」

手を引いても彼女は動かない。

「沖田くん……もう……歩けない」

沖田くん……か。呼び方がもとに戻ってる。まあ酩酊《めいてい》状態なのだから仕方がない。

酔っていても俺を下の名前で呼ぶようになるにはどれくらい時間がかかるのだろう。

「はいはい。わかりましたよ、女王さま」

彼女を抱き上げて寝室のベッドに運ぶ。

今日は酔い潰れてもう話なんてできないが、それは明日でいい。

枕に頬擦りする彼女を見て、ふっと微笑する。

「この姿じゃ今朝みたいに勝手に逃げられないな」

雪乃の服は今バスルームにある。

朝起きたらどういう顔をするだろう。

きっと俺の家に来たなんてまったく認識していないに違いない。

「悪いな、雪乃」

でも、彼女が俺なら同じことをするはずだ。

勝手にいなくなられるのは辛い。

「素直に観念して俺のものになれ」

愛おしげに彼女を見つめ、そのリンゴのように赤く色づいた唇にキスを落とした。

翌朝、雪乃の声が耳に届いて目が覚めた。

「え？　え？　どうして？」

囁きに近い、ひどく狼狽えているようなその声。

俺と彼女は抱き合った状態で横になっている。

目を開けず、そのまましばらく様子を見ることにした。

「昨日は……こたつのお店で鍋を食べて……それから……それから……全然覚えてない。えー、どうするのこれ？」

目を閉じていても彼女の視線を感じる。

かなりパニックになっているようだ。

「なんとかしてベッドを出ないと……」

彼女がもぞもぞ動いて俺の腕の中から抜け出そうとしたので、「うーん、寒い」と寝ぼけたふりをしてさらに強くその華奢な身体を抱きしめた。

俺の腕の中で数十秒固まる雪乃。

なにも声を発しないところをみると、俺が起きたかと思ってビクビクしているのだろう。

しばらくして、「よかった。寝言……か」と呟く彼女の声が聞こえた。

さあ、これからどうする、雪乃？

俺に抱かれていてはベッドを抜け出すことすらできないよな。

彼女は俺の腕に手をかけて、抱擁を緩めようとする。

雪乃に顔を寄せ、その頬にチュッと軽く口づけたら、彼女の身体がビクッと動いた。

「お、お、沖田くん？　……起きてる？」

か細い声で彼女が確認してきて、なんだかおかしくて笑いが込み上げてきた。

こういうの。幸せっていうのかな。

朝から楽しくて、心があったかい。

雪乃の肩に顎を乗せてしばし笑いをこらえ、少し収まると顔を上げた。

「おはよう、雪乃。沖田くんじゃなくて怜だよ」

青ざめている雪乃としっかりと目を合わせ、ニヤリとした。

第四章　酒は飲んでも飲まれるな

目覚めたら怜の腕の中。

なぜまた彼とベッドにいるのか。ここは彼の家だ。

「え？　え？　どうして？」

一気に目が覚めて凍りつく。

心臓がバクバクだし、頭の中が混乱していて、昨夜こたつのあるお店で鍋を食べた以外のことはあまりよく思い出せなかった。

だって、怜の顔が目の前にあるのだ。あまりに動揺してなにをどうしていいのかわからない。

怜が寝ている間に帰りたいんだけど、どうすればいい？

彼の腕から抜け出そうとしたら、「うーん、寒い」とさらに強く抱きしめられて、思わず息を止めた。

私が動いたから起きた？　それとも私の声に反応した？

もう心臓の鼓動が激しくて呼吸困難になりそうだ。

しばらく様子を窺《うかが》っていたが、彼は目を閉じたまま。

どうやら寝言だったようでホッと胸を撫で下ろしたけれど、状況はなにも変わっていない。

彼が起きる前に帰らなきゃ。早くベッドを出ないと！

頭がパニックになりつつもなんとか彼の抱擁を解こうとしたら、頬にいきなりキスされてビックリした。

「お、お、沖田くん？……起きてる？」

半分震える声で恐る恐る尋ねたら、彼が私の肩に顎を乗せてクククッと笑いをかみ殺している。

お、お、起きてる！　この場合、どう対処したらいい？

もう昨日みたいに逃げられないよ。

恐怖で石化する私。

「おはよう、雪乃。沖田くんじゃなくて怜だよ」

私に向かって笑う彼が悪魔に見えた。

それくらい精神的に追い込まれているのだろう。とりあえずなにか言わなければ。

「……おはよう」

挨拶だけ返すが、他になにを言っていいのかわからない。

頭の中が真っ白になる。

「すごく困った顔してる。昨日忠告したのに酒をあんなに飲むから、酔い潰れて俺にお持ち帰りされるんだよ。これに懲りて外ではあまり飲まない方がいい」

朝から彼にお説教され、「ごめんなさい」と小声で謝る。

言われてみれば、お酒を飲みすぎたかもしれない。

「まあ最初から俺は雪乃を持ち帰る気でいたけどね。全然大事な話ができていないし」

彼が真剣な眼差しを向けてきたので狼狽えた。

「大事な話なんて……ない」

冷たく答えて沖田くんと距離を置こうとするが、彼は私を解放してはくれない。

「雪乃は一昨日の晩のことをなかったことにしたいのか?」

なかったことになんかしない。彼に抱かれたことは私の大事な思い出だ。

「……それは違うけど、忘れてほしい」

「残念だが、雪乃の要望には応えられないな。誤解のないように言っておくけど、俺は遊びで雪乃を抱いていない。雪乃が好きだから抱いた」

彼が私の目を真っ直ぐに見て告白する。その言葉に思わず息を呑んだ。

信じられなくてそんな言葉を呟く私の頬に彼が手を添える。

「うそ……」

「本当。うちに女性を連れてきたのも雪乃が初めて」

その話を聞いて涙が込み上げてくる。

結婚話が持ち上がる前なら嬉しくて舞い上がっていただろう。

だが、今はただただ胸が苦しい。

「私……恋愛とか……考えられない。ごめん」

怜の目を見られなかった。

彼に愛される未来……それは望めない。

「じゃあ、ひとつだけ俺の目を見てちゃんと答えてほしい。俺のことは嫌いか？」

その問いに胸がチクッとしたけれど、覚悟を決めて彼と目を合わせ、はっきりと伝える。

「嫌い」

誰か教えてほしい。

どうしたら心を凍らせることができるのか。

嘘をつくのが辛い。本当は誰よりも好きなのに好きって言えない。

「雪乃の気持ちはよくわかった。俺がすごく好きだって」

私を見てニヤリとする彼。

「ちょっ……待って……私は……嫌いって！」

慌てて抗議する私の唇を彼が奪う。

「うっ……ん！」

くぐもった声をあげつつも、怜の胸に手を当ててやめさせようとしたができなかった。彼が私の唇を甘噛みしてきて次第に身体から力が抜けていく。

目を閉じて彼の口づけを受け入れる私。クチュッと水音がして、甘い痺《しび》れが私を襲った。

キスって唇が触れているだけなのに、どうしてこんなに気持ちがいいのか。

まるで媚薬《びやく》だ。彼が与える快感に溺れる。

気付いたらいつの間にか怜がキスを終わらせていて、半分夢見心地で目を開けた。

「嫌いな男に雪乃はこんな甘いキスをするんだ？」

怜の皮肉に「そ、それは……」と口ごもる。そんな私の唇に彼は指を当てた。

「言い訳なんて探すな。雪乃の気持ちは雪乃の身体に聞く。正直だから」

「怜……私は……怜の気持ちに応えられない」

困惑しながら伝えたが、彼はお日さまのように明るく笑った。

「俺は諦めが悪いんだ。雪乃が観念するまで口説き続けるから覚悟するように」

彼の笑顔が眩しい。私にはもったいない人だ。

「怜なら私じゃなくてもお似合いの女性が他にたくさんいるよ」

「それがなかなかいないんだな。ぶっちゃけ話、社会人になってからは恋人なんていなかった」

怜の話が信じられなくて思わず聞き返した。

「嘘でしょう？」

だって噂では毎回違う女性を連れていたって聞いている。

「嘘ついても意味ないし。渡辺にでも聞けば？　見合いはいっぱいさせられたけど、どれも断ってる」

彼の口ぶりだと本当のことを言っているような気がする。

でも、私は彼の恋人にはなれない。

「これからいい出会いがあるかもしれないでしょう？」

彼には誰か素敵な女性と幸せになってほしい。

「最初に誘ったのは雪乃だし、俺を本気にさせた責任取れよ」

甘く微笑んで私の頭をクシュッと撫でると、彼は抱擁を解いて上体を起こした。

「とりあえず話はおしまい。お腹空かないか？」

「お腹？」

急に話が変わってキョトンとする私に、彼はふっと笑い、掛け時計を指差した。

「もう朝の十一時すぎ」

「そんな時間？」

人の家でそんな遅くまで寝てしまうなんて……。

「かっこよく朝食作ってあげたいとこだけど、生憎《あいにく》今うちの冷蔵庫、水とビールしか入ってないんだ。シャワー浴びたらどっか外で食べよう」

ニコッと笑って彼がベッドを出ると、私も起き上がった。

だが、異変に気付いて青ざめる。

昨日着てた服と違う！

見たことがない黒いジャージ。しかも、下は下着しか身につけていない。

「服……なんで？」

ジャージを摘んで首を傾げる私を見て、彼はおもしろそうに目を光らせた。

「昨夜雪乃が嘔吐したから着替えさせた」

その話を聞いて、顔の熱が急上昇した。

「面倒かけちゃってごめん」

酔って吐くなんて今までなかったのになにやってるんだろう。

赤面して謝る私に、彼は優しく微笑む。

「面倒ならそもそもお持ち帰りなんてしないよ」

「あの……私の服は？」

遠慮がちに聞いたら、彼はどこか楽しげに答えた。

「洗濯機の中。もう乾燥も終わってると思う」

「洗濯までしてもらって本当にごめんなさい」

面目なくて平謝りする私を彼はからかった。

「大丈夫。その方が勝手に帰らなくて安心だし」

「怜って……結構意地悪だよね」

じっとりと彼を見て文句を言ったら、とびきりの笑顔で返された。

「好きな子限定でね」

そんなやり取りの後、怜と交代でシャワーを浴びて身支度を整えると、彼の車に乗って出かけた。

怜から離れるべきなのはわかってる。

でも、今逃げたら彼は追ってきて、私を質問攻めにするだろう。

なぜそんなに俺を避けようとするんだって……。

私の気持ちは彼にバレバレ。

だから、素直に従っていれば、変に詮索はされないはず。

いや、それは建前で本当は彼といたいのだ。

別れの日が来るまで……。

「カッコいい車だね」

有名ドイツメーカーの真っ白な高級スポーツカー。

そんな感想を怜に伝えるが、運転席でハンドルを握る彼はもっとカッコいい。

「車好きなんだ。エンジン音とか結構こだわってる」

彼の話ににこやかに相槌を打つ。

「そうなんだ。私はエンジン音てどれも同じに聞こえるけど違うんだね」

きっとこの車、私の年収の何倍もするんだろうな。

エンジン音なんて余程の爆音でない限りは、注目もしない。

「興味なければ普通エンジン音なんて気にしないよ」

「車があるとどこでも好きな場所に行けて羨ましいな」

基本引きこもりで、週末はなにも用がなければ家でのんびりしている。

「じゃあ、食事したらそのままドライブしよう」

怜の提案に「いいね」と笑顔で頷いた。

都内のパンケーキの有名店で食事をすると、高速に乗ってドライブ。

二時間ほどかけて着いたのは、山梨《やまなし》にある湖。

富士山《ふじさん》が見えてとても綺麗だ。

標高が千メートル近くあるせいか、雪があってそれがまた風情がある。

途中激しい雨が降って天気が心配だったけど、着いた頃には空はすっかり晴れ渡っていた。おまけに雨が降ったせいか人も少ない。

「怜って晴れ男?」

車を降りてそんな話を振ったら、彼はニヤリとした。

「まあ否定はしない。大事なイベントでは絶対晴れるから」

「いいなあ。私雨女なのか、出かけようとすると必ず雨降るよ」

私の言葉に彼は納得したような顔で頷く。

「ああ。だから雨降ったのか」

「うっ。素直に頷かないでよ。ちょっと傷付くなあ」

「結局晴れたんだからいいじゃないか」

怜がふっと笑って私の手を握ってきたからビックリした。

「なに驚いてんの？　変なものでも踏んだ？」

怪訝な顔をする彼に握られた手を見つめながら説明した。

「違う。急に手を握られたから……なんかそういうの照れ臭くって」

「俺はこうしないと落ち着かない。逃げられそう」

怜に弄られ苦笑いする。

「さすがにここでは逃げないよ。車じゃないと遭難する」

昨日勝手に帰ったの相当恨まれてるな。

「ふーん、じゃあ場所が違えば逃げると？」

スーッと目を細める彼が怖い。

「もう揚げ足取らないで！」

今後のことを考えたら完全否定はできなくて、わざと怒って文句を言うと、彼は少し笑いながら「悪い」と謝って歩き出す。

空気が澄んでいて湖の湖面に映る富士山はとても綺麗だった。

水も綺麗じゃないとこんな風にならない。とても趣きがあって気持ちが安らぐ。

「富士山見ると、すごく得をした気分になるね」

私の発言を聞いて彼がクスッと笑った。

「おばあちゃんみたいだな」

「うーん、確かに精神的にもう若くないかも」

素直に肯定したら彼に突っ込まれた。

「こらこら、そこは否定しろよ。まだ俺も雪乃も二十七だぞ」

「でもね、テレビで高校球児を観ると、年取ったたって思わない？」

「高校球児と比べるなよ」

そんなくだらない会話をして湖畔の散策を楽しむと、近くのカフェでお茶をして、なぜかショッピングモールへ――。

「急にどうしたの？　なにか買いたいものでもあるの？」

「ここまで来て日帰りするのももったいないから、着替えを買ってどこかに泊まろうかと思って。今日土曜だから」

確かにすぐ東京に帰るのは残念な気もするし、怜もずっと運転するのは大変だ。

一泊分の着替えと化粧品を購入し、宿を手配して車で向かう。

着いたのは散策した湖のほとりにある旅館で、こぢんまりとしているが趣きがあってスタッフの対応もいい。

若女将《おかみ》が案内してくれた部屋は、二階にある露天風呂付きの豪華な和洋室だった。十畳くらいの和室の隣が洋室になっていて、そこにベッドがふたつ置かれている。

部屋の窓から真っ正面に富士山があって、若女将の説明を聞きつつも、その絶景に目がいった。

時刻は午後五時過ぎ。

もう日が落ちてきて、紅に染まる富士山がとても美しい。

若女将がいなくなると、怜がクローゼットの中に置いてあったタオルと浴衣を出して私に手渡した。

「夕飯の前に大浴場に行ってみよう。今夕食の人が多いから空いてるらしい」

「女性用の浴衣は色が鮮やかだね。椿の柄なんてとっても素敵」

今まで旅館に泊まってもシンプルな浴衣しか着てこなかったから嬉しい。

「ネットで探したにしてはいい宿だな」

ふっと微笑む彼に忘れないうちにお願いした。

「ちゃんと私にも宿代請求してね」

考えてみたら、一昨日と昨日の食事代も払っていない。

「もう支払い済んでるし、よく覚えてない」

興味なさそうな顔をするので、煩く言った。

「ダメだよ。そんなの。ここきっと高いよ」

「それじゃあ、明日なにか俺に土産でも買って。ほら、行こう。ぐずぐずしてると夕飯の時間になる」

彼は宿代の話をすぐに終わらせ、私の背中を叩いた。

三階の大浴場へ向かうと、男湯は階段横に、女湯はその向かい側にあった。

通路には長椅子と自販機が置かれている。

「上がったらそこの椅子で」

怜が長椅子を指差したので、「了解」と返事をして彼と別れる。

女湯の引き戸を開けると、スリッパが一足もなかった。

どうやら私だけのようで、貸し切り状態。

脱衣所で服を脱いで思い出す。

怜が一昨日の晩につけたキスマークがまだ残っていた。

「……忘れてた。ひとりでよかったよ」

ハハッと苦笑いして浴場に向かう。

内湯は普通のお風呂とジャグジー風呂があって、湖側が全面ガラス張り。

大きな富士山が目の前にあってすごい迫力だ。露天風呂もひとつあって、テンションが上がる。

まず身体を洗うと内湯に浸かった。

透き通ったとろみのあるお湯。湯加減もちょうどよくていい感じ。

ジッとこのまま富士山を眺めたいところだけれど、夕食の時間もある。

五分ほどで露天風呂に移動するが、外気が冷たくてすぐに内湯に戻りたくなった。

「うー、寒い！」

身体を縮こませながら露天風呂に入ったら、内湯よりお湯は熱めだった。外は寒いからちょうどいい。

湖畔には灯りがちらほら見えて、どこか幻想的な雰囲気だ。

「絶景だね」

富士山を眺め、クスッと微笑んだ。

もうこんな贅沢《ぜいたく》もできないかも。しっかり目に焼きつけておこう。

露天風呂を上がり、また少しだけ内湯に浸かると、脱衣所に戻って浴衣を着て、髪を軽くアップにした。椿の柄が綺麗で気分もウキウキする。

鏡を見ながらクルッとひと回りしてみたら、めまいがしてよろけそうになった。

「湯当たりしちゃったかな？　なんだか身体が重い」

違和感を覚えながら女湯を出ると、怜が長椅子に座って私を待っていた。

浴衣姿の怜はモデルのようにカッコよくて、そこに座っているだけで見惚れてしまう。

この姿、カメラに収めておきたいな。

「ごめん。待った？」

怜に声をかけると、彼は私の顔を見て立ち上がった。

「いいや。俺も二、三分前に上がったとこ。髪下ろしてるのもいいけど、今のもいいな」

「ありがとう」

少しはにかみながら礼を言う私に、彼が顔を近付けて囁く。

「浴衣も似合ってる。今食べちゃいたいくらい」

その言葉に顔の熱が一気に上がる。

「もう、これから夕飯だよ」

照れ隠しに怜の背中をバシッと叩いて怒ると、彼の手を引いて部屋に戻った。

タオルハンガーに濡れたタオルを干していたら、夕飯が運ばれてきた。

甲州《こうしゅう》牛のしゃぶしゃぶ、刺身の盛り合わせ、甲州地鶏の竜田揚げ、うなぎの煮こごり等豪華な料理が並ぶ。

「すごい量だね。全部食べたら豚になりそう」

怜と並んで座ってそんな感想を漏らしたら、彼は少し説教じみた口調で返した。

「ならないよ。雪乃痩せたし、俺の分も食べてもいいくらいだ」

「それは無理だよ」

苦笑いして手を合わせ、いただきますをする。

だが、食欲がなく、箸をつつくだけであまり食べられない。おまけに悪寒がしてきて箸を置いた。

これは……ちょっとおかしい。気分も悪くなってきた。

「雪乃？　どうした？」

怜が箸を止め、心配そうに私を見る。

「なんだか寒くなっちゃって……」

「湯冷めしたのかな」

彼は立ち上がると、羽織を持ってきて私にかけてくれた。

しかし、震えは止まらない。

「ちょっと隣のベッドで横になってもいい？　怜は食べてて」

身体が辛いせいか、言葉にするのも億劫《おっくう》だ。

私が立ち上がって隣の部屋に行くと、怜もついてきた。

ベッドに入る私の額に彼が手を当てる。

「すごく熱い」

眉根を寄せながらそう呟いて、彼は旅館の人を呼んだ。

宿の人が体温計を持ってきてくれて測ってみたら、三十九度だった。

「これはマズいな」

深刻な顔をして体温計を見つめる怜。

「体温計が壊れてるのかも」

微熱くらいだと思っていたので、自分でもその数値に驚いた。

あまり心配をかけたくなくてハハッと笑うが、怜に怒られる。

「手で触っても熱かったから壊れていない。辛いのに笑うな」

「大丈夫だよ。ちょっと寝てれば治る」

私の主張をスルーして、彼は宿の人に声をかけた。

「すみません。この近くに病院ありますか？」

「はい。数キロ先に診療所があります」

宿の人がそう答えると、服に着替えて診療所へ。

正直言って着替えも辛く、ベッドで横になっていたかった。

でも、宿の人が診療所まで送迎してくれて、おまけに連絡もしてくれたから、夜間なのに待ち時間なしで診てもらえた。

医師からいくつか質問を受け、念のためインフルエンザの検査もされた。

診断結果は風邪。

この時期流行っているインフルエンザでなくてよかった。

インフルエンザだったら、怜にも移していたかもしれない。

「まだ風邪でよかったけど、先生が疲労が原因で抵抗力なくなって高熱出たんじゃないかって言ってたぞ」

怜がホッとしたようにハーッと息を吐くのを見て謝った。

「気をつけます」

最近いろいろありすぎて精神的に弱っていたから風邪なんか引いたのだろう。

怜だけでなく旅館の人にも迷惑をかけて悪いことをした。

診療所で薬をもらって宿に戻ると、若女将が気を利かせて怜にはほうとう鍋を、私にはおにぎりとりんごを持ってきてくれた。

「食欲ないかもしれないけど、薬飲むから少しは胃に入れろよ」

怜の言葉に「うん」と力なく頷く。

おにぎりはひと口だけ食べてやめ、リンゴに手を伸ばした。

身体が熱いせいか、冷たいリンゴが美味しく感じる。

「いろいろ迷惑かけちゃってごめんね。豪華な食事だって台無しにしちゃったし」

自己嫌悪に陥る私の肩に彼は手を置いた。

「気にするな。雪乃はそのリンゴ食べたら薬飲んで寝る」

優しい彼の笑顔に少し心が軽くなる。

「はい」

怜の顔を見て頷き、リンゴを黙々と食べた。

「おっ、リンゴは全部食べたじゃないか。偉いぞ」

そう言って私の頭を撫でる彼。

「……子ども扱い」

苦笑いする私に、彼はとびきり甘い目で尋ねる。

「キスの方がよかった？」

「風邪が移るよ」

私の返答を聞いて、「口にキスできないのは残念だな」と、彼は残念そうに笑った。

「キスして移ってふたりとも風邪で会社休んだらシャレにならないよ」

もう一度釘を刺す私に、彼は茶目っ気たっぷりに返す。

「それは困る。雪乃の看病できなくなるから」

「私より仕事の心配してよ」

「大丈夫。優先順位はちゃんとわかってるから」

ニヤリとして、彼は私の髪をひと房掴み、恭しく口づけた。

それから薬を飲むと、怜に手伝ってもらって浴衣に着替え、ベッドに横になる。

「まだ寒い？」

怜に聞かれて「うん」と返事をしたら、彼は押し入れから毛布を出してきて私にかけてくれた。

「ありがと」と礼を言う私の頭に彼が触れてポツリと呟く。

「頭も熱いな。宿の人に氷枕でももらうか」

「大丈夫。薬飲んだし」

もうこれ以上迷惑をかけたくなくてそう言葉にすると、彼はベッドの端に腰かけ、体温計で私の熱を測った。

「三十八度五分か。朝起きたら下がってるといいな」

「怜ってお母さんみたい。母はもういないから、こんな風に世話してもらうと思い出しちゃう」

小さい頃熱が出ると、母がずっとついていてくれた。

一緒にいてくれるだけで、安心する。

「じゃあ、今だけ特別に雪乃のお母さんになる」

怜は悪戯っぽく笑って、私の額にチュッとキスを落とす。

「おやすみ」

怜の甘い声が聞こえたかと思ったら、瞼も重くなって……そのまま眠りに落ちた。

第五章　彼女は俺をなぜ拒むのか？

薬を飲んでベッドに横になる雪乃のわきに体温計を挟む。

夕食を食べている時に彼女が震え出した時はヒヤッとした。

熱も三十九度もあって心配したが、診療所で診てもらい、風邪という診断を受けて安堵した。

ピピッと音がして体温計を抜くと、表示を確認する。

「三十八度五分か。朝起きたら下がってるといいな」

上がってはいなくて少しホッとするが、高熱であることに変わりはない。

「怜ってお母さんみたい。母はもういないから、こんな風に世話してもらうと思い出しちゃう」

お母さんみたいだなんて初めて言われた。

でも、嫌な気はしない。それだけ俺を身近に感じているんだと思う。

「じゃあ、今だけ特別に雪乃のお母さんになる」

クスッと笑みを浮かべ、彼女の額にキスをする。

「おやすみ」

優しく声をかけると、彼女はゆっくりと目を閉じてそのまま眠ってしまった。

熱が高いせいか、呼吸が速い。額には汗が滲んでいる。

相当苦しいだろう。汗をかけば、そのうち熱も下がる。

だが、風邪が治ってもそれで喜んではいられないように思う。

彼女の汗を拭うと、頭を優しく撫でた。

雪乃は身体的にもそうだが、精神的にも弱っているのではないだろうか。

今朝は彼女は俺から逃げなかった。いや、正解には逃げられなかったと言うべきか。

もし、雪乃の服が手元にあって、俺がシャワーを浴びていたらまた逃げられていたかもしれない。俺が『雪乃が好きだから抱いた』と告げると、彼女は悲しそうな顔をした。

『私……恋愛とか……考えられない。ごめん』

彼女の返事を聞いても、まったく驚かなかった。雪乃が俺を避けていたから、なんとなくその展開を予想できた。

だが、彼女の気持ちが俺にないわけではない。俺を見つめるその目は俺が好きだって伝えてくるし、俺のキスに最初はためらってもちゃんと応える。雪乃の言葉と行動は一致していない。

最近彼女の様子がおかしいのと、ムキになって俺を嫌いだと言うのは同じ理由のような気がする。

俺の勘繰りすぎか？

なにかが雪乃を苦しめているように見えるのだ。

彼女との信頼を深めていけば、いずれ俺にも話してくれるかと思ったが、考えが甘かったかも。

今の彼女はガラス細工のようにもろい。ちょっと刺激を与えただけで壊れる。

今夜高熱を出したように——。

しばらく様子を見守る方がいいだろう。だが、離れはしない。彼女のそばにいる。

雪乃の家族のことを調べるか。実家は福井だと言ってたはず。

雪乃と仲がいい沢口さんならなにか知らないだろうか。

考えてみたら雪乃の家族のことをあまりよく知らない。昨日彼女に兄がいることを初めて知った。

祖母が亡くなるまでは彼女は普通に笑っていたのに、今はそうじゃない。笑っていてもどこか寂しそうで、その理由を俺に打ち明けてくれないのがもどかしい。

今日ドライブしたのだってそんな彼女を元気づけたかったから。

俺に話してくれたら力になれるのにな。

雪乃を見つめながらそんなことを思ったら、彼女が熱に浮かされうわ言を言った。

「沖田くん……ごめん」

彼女の目から涙がこぼれ、頬を伝う。

なにが『ごめん』なんだろう。

どんな夢を見ているのか。

「雪乃……また名字で呼んでるぞ」

そう突っ込んで彼女の涙を拭い、再び彼女の熱を測った。

「三十九度か。上がったな」

数時間はこの状態が続きそうだ。

それから一時間ほど見ていたが特に急変する様子はなかったので、電気を消して俺もベッドに入って眠りについた。

だが、雪乃の叫び声が聞こえて飛び起きる。

「いや！　やめて！」

「雪乃？」

横にいる彼女に目を向けたら、手足をバタバタさせていた。

「雪乃！　夢だ！」

彼女の両手を押さえて、そう言い聞かせる。

「いや！」

暴れる雪乃を落ち着かせるのは大変だった。

力を加減すると、彼女はすぐに俺の手を振り解く。本気で力を入れなければ近付けないくらい彼女は抵抗した。

「雪乃、目を覚ませ！　夢だ！」

うなされる彼女に向かって叫ぶ。

「こ、来ないで！」

俺の声が届いていないのか、それとも俺だと認識していないのか、彼女は全力で拒否する。

「雪乃、目を開けて俺を見ろ！」

何度もそう訴えたら、ようやく目を開けた。

二、三回目を瞬いて俺を見る彼女。

「沖田く……怜？」

雪乃の問いかけにゆっくりと頷き、ベッドの上にある間接照明をつける。

「そう怜だ。怖い夢でも見た？」

「……うん。夢でよかった」

雪乃が乱れた髪をかき上げながら上体を起こしたが、その身体は汗びっしょりで、
彼女はかなり憔悴《しょうすい》していた。

ハーハーッと激しく息をする雪乃の身体をギュッと抱きしめる。

「ああ、夢だ。大丈夫だ。俺がいる」

彼女は「怜……」となにかに怯えようような声で俺の名を呼んで、しがみつくように抱きしめ返してきた。

「どんな夢だった？」

夢の内容を聞くが、彼女は「それは……」と言って口ごもる。

俺にも言えない夢……か。

「ごめん。思い出したくないよな」

雪乃の背中をトントンと軽く叩くと、彼女は震える声で言った。

「悪魔に襲われそうになったの」

悪魔……。

本当に悪魔だったのか、それとも悪魔のような人間なのか。

「次に悪魔が出てきたら、俺が雪乃の夢に入って退治してやるよ」

そう約束したら、彼女は「うん」と頷いた。

どれくらい抱き合っていたのだろう。

雪乃の呼吸が落ち着いてくると、気分を変えるためにある質問をした。

「俺と雪乃が初めて会ったのっていつか覚えてる？」

「え？　新人研修で同じ班になった時じゃないの？」

つぶらな瞳で俺に確認する彼女。どこか儚《はかな》げで庇護《ひご》欲《よく》をそそられる。

「違う。最終面接の時だよ」

クスッと笑って教えるが、彼女は思い出せないのか俺の目をジッと見つめた。

「最終面接？」

「覚えてない？」

再度確認しても雪乃は思い出さなかった。

「……全然」

首を左右に振る彼女にニコッと微笑む。

「じゃあ、最後のヒント。エレベーター」

「エレベーター……ひょっとして……」

俺の言葉で思い出したのか、雪乃は大きく目を見開いた。

「思い出した？」

笑みを浮かべながら問うと、彼女はあの時のことを俺に話した。

「うん。急に停電でエレベーターが真っ暗になって……怖くて壁に手をつこうとしたら、誰かの腕を掴んじゃって……。あれって怜だったの？」

驚いた顔で尋ねる彼女の目を見て頷く。

「そう。美人に抱きつかれて役得だった」

最終面接会場に向かおうとエレベーターに乗ったら突然停電になって、誰かが俺の腕を掴んで抱きついてきた。

体型から女性であることはわかっていて、彼女の肩にそっと手を添えた。

やましい気持ちは一切なく、安心させたかった。なぜなら彼女がブルブル震えていたから。

多分、たまたま俺がそばにいたから抱きついてきただけで、相手が誰でも彼女は同じことをしただろう。

「私、あの時もうパニックになっちゃって、相手の人の顔も見ずにエレベーターを降りたの。電気がついた時にハッとして恥ずかしくなっちゃって」

照れ臭そうに言い訳する彼女を見て、あの時の記憶が改めて鮮明に蘇った。

「確かにエレベーターの電気が復活した時に、雪乃の顔真っ赤になってたな」

「全然気付かなかった。言ってくれればよかったのに」

「急に思い出したんだ。今思うと、雪乃とはなにかと縁があったんだろうな」

新人研修の班も同じだったし、配属先も同じだった。

「エレベーターの人が怜でよかった。目の位置にネクタイがあったから背が高い人っていうのはわかってたんだけど。抱きつかれてビックリしたでしょう？」

「まあね。さあ、このまま話してると朝になる。汗かいてるから着替えて寝よう」

ベッドを降りて棚から新しい浴衣を取り出し、雪乃を着替えさせた。

彼女が夢にうなされて暴れた時に結構強く押さえたから痣などがついていないか心配だったが、傷などはなかった。

そのことに安堵すると、雪乃と一緒にベッドに入った。

「一緒に寝て大丈夫？　風邪移らないかな？」

自分が辛いのに俺のことを気にする彼女にニコニコ顔で返した。

「平気。俺社会人になってから風邪引いたことない」

「嘘。何回か咳して会社来たことあったよ」

雪乃に指摘され惚《とぼ》ける。

「そんなことあったっけ？　渡辺と間違えてないか？」

「いいえ、怜だよ」

「そんなムキになると熱上がる。ほら寝るぞ」

布団をかけるが、彼女は俺の目を見て抗議した。

「寝るぞと言われると眠れない」

「天邪鬼《あまのじゃく》。いいから目を閉じて寝る」

彼女を包み込むように抱きしめる。その身体は思ったほど熱くない。

さっき汗をかいたせいで熱が下がったのかも。

「怜……もしまた悪魔が来たら……」

病気のせいかめずらしくそんな不安を口にする雪乃。

その声を聞くと今にも寝そうだが、夢を見るのが怖いのか必死に睡魔と戦っているように思う。

「俺が足蹴りして倒す。だから安心して眠れよ」

雪乃の耳元で優しく囁くと、彼女は俺の胸に頬を寄せて目を閉じた。

「うん。……ありがと」

しばらくするとスーッと微かに寝息が聞こえてきて、彼女の頭にそっとキスを落とした。

「いい夢を」


次の朝起きると、雪乃の熱はだいぶ下がっていた。

「三十七度か。あともうちょっとだな」

体温計を見て少し安堵する俺。

「汗かいたからお風呂に入りたいんだけど」

雪乃がベッドから起き上がってそう主張するが、許可しなかった。

「部屋の露天風呂だと上がった時に身体が冷えるし、大浴場は万が一倒れてもすぐに助けに行けないから、タオルで身体拭いて我慢するんだな」

「せっかく温泉にいるのにまだ一回しか入っていない」

ハーッと溜め息をついてがっかりする彼女の頭をクシュッと撫でた。

「また来ればいいじゃないか。今は安静にしてること」

その後、朝食を食べて、また車に乗って東京に帰るが、そこでひと悶着《もんちゃく》あった。

「明日会社だから寮に帰りたい」

俺のマンションの近くまで来ると雪乃がそう言い出したので、首を横に振った。

「ダメだ。病人をそのまま帰せないよ」

「もう熱下がったよ」

反論する彼女に強く言い返す。

「まだ微熱がある」

「微熱くらい誰だって出るし、薬だってあるから大丈夫」

「家に帰すと、明日微熱でも出勤するだろう？」

彼女なら高熱でも会社に来るに違いない。見た目は穏やかだが結構頑固なところがあるのだ。

「微熱くらいなら大丈夫」

「それで高熱出したら？」

俺が冷ややかに問いかけると、彼女は間髪入れずに答えた。

「出さないよ」

どうしてこう意地を張るのだろう。

「その自信はどっから来るのかな。いいからうちに来い」

有無を言わせずうちに連れてくると、彼女はしばらく機嫌が悪かった。

強引だったと思うが、昨日はあんなに熱があったのだから仕方がない。

次の朝、彼女はまだ熱があって、会社を休ませることにした。

「三十七度五分。今日はうちで休んでいるように」

体温を確認して命じると雪乃に「横暴」と言われたが、にこやかに笑って返した。

「横暴で結構。あと勝手に帰るなよ。昼と夕方に俺が頼んでおいた大事な荷物が届くから受け取っておいて」

〝大事〟というのは嘘。

実はランチと夕食を頼んでおいた。

荷物を受け取るとなれば、無断で帰れないだろう。

「え？　待って」

雪乃が抗議しようとしたが、構わず家を出た。

会社に着くと沢口さんがいて、「おはようございます」と俺に挨拶する。

他の社員はまだ来てないし、ちょうどいい。彼女は雪乃と仲がいいから探りをいれてみよう。

「おはよう。あれ？　山本はまだ来てないんだ？」

今日会社を休ませたのは俺なのに、知らないふりをして沢口さんに尋ねる。

「あっ、風邪で休むって連絡ありました。早く治るといいんですけど」

「風邪かあ。流行ってるのかな。ねえ、沢口さん、最近山本、元気がないように見えるんだけど、なにか聞いていない？」

俺の質問に沢口さんはほんの一瞬瞳を曇らせたが、すぐに作り笑いをして答えた。

「いいえ。特にはなにも。おばあさんが亡くなったからじゃないでしょうか？」

この顔、なにか知ってるな。

だが、口を割ることはないだろう。多分、雪乃に口止めされている。

「そうだね。きっと優しいおばあさんだったんだろうね」

当たり障りのないことを言って自席に着くと、渡辺がやってきた。

「沖田課長、おはよう」

いつものように挨拶してくる彼に「渡辺、打ち合わせするから」と声をかけ、隣の会議室に移動する。

「朝からなに？　誰かまたミスった？」

怪訝な顔をする彼に、「いいや」と短く返す。

「なんか顔が怖いけど、どうしたの?」

少しビビりながら尋ねる彼に、雪乃の話をした。

「山本の様子が近頃おかしいんだ。彼女の祖母が亡くなってからずっとだ。お前、彼女の家族のことを調べてくれないか?」

渡辺は柔和な性格でいつもヘラヘラ笑っていて頼りなく見えるが、実は頭が切れる。調査能力に長けていて、土地の買収を進める時も彼は必要な情報を集めてくれるし、状況に応じて俺をしっかりとサポートしてくれる。部下ではあるが、俺にとっては相棒のような存在だ。

「山本さん、まあ最近ちょっとボーッとしてるなって感じることはあったな。そんなに気になる? 家族のことまで調べるのは、同期としてやりすぎじゃない?」

俺に意見する渡辺の表情はいつになく厳しい。

「雪乃に倒れられては困るんだ。今日も熱があって会社を休ませたし」

わざと雪乃のことを下の名前で呼んで彼女との関係を仄《ほの》めかすと、渡辺は楽しげに笑った。

「それは急展開だな。いつの間に手を出したわけ?」

「そのニヤニヤ顔気持ち悪い。先週いろいろあったんだよ」

ギロッと睨みつけるが、渡辺は気にせず嬉しそうな顔をする。

「お前と山本さん、お似合いだと思う。そういうことなら調べるよ」

「頼む」

ポンと渡辺の肩に手を置いたら、彼はニヤリとした。

「この貸しは高くつくよ」

「はいはい。なんでも欲しいもの言えよ」

「だったら、お前が社長になったら俺を重用しろよな」

親友の要求にふっと笑った。

「言われなくても俺の右腕になってもらうから安心しろ」

第六章　悪夢が蘇る

「雪乃先輩、今日はランチどうします？」

デスクの上の書類をまとめると、亜希ちゃんは私に目を向けた。

「天気もいいし、外に食べに行く？」

今日はポカポカ陽気。三月中旬なのに気温は二十度と高く、コートいらず。

私の提案に、彼女は笑顔で頷いた。

「いいですね。最近近くにできたイタリアンはどうですか？」

「うちのビルの向かい側のイタリアンの店？　美味しいって噂だよね」

「美味しいですよ。しかも安いんです。ランチはパスタとサラダとドリンク、それにデザートがついて千円ですよ」

ニコニコ顔でランチの内容を口にする彼女の言葉に笑顔で相槌を打つ。

「それはリーズナブルだね」

バッグを持って亜希ちゃんとオフィスを出たら、正面玄関の前で怜と渡辺くんにバッタリ会った。

怜とは私が山梨で高熱を出した後も関係が続いている。

四月には会社を辞めて他の男と婚約するのに、私はなにをやっているのだろう。

不実な自分が嫌になる。

自分でもわかっている。きっぱり関係を終わらせなきゃいけないって。

でも、怜が優しくて幸せだから、決心が鈍って毎日自己嫌悪に陥る。

彼と会社が同じというのが問題だ。逃げ場がない。

できるだけ距離を置こうとしても、会社で彼に会うとなんて話していいのかわからなくなる。

「あれ、山本と沢口さんはこれからランチ?」

怜に声をかけられ、亜希ちゃんが向かい側にあるイタリアンの店を指差した。

「はい、今からあそこのイタリアンの店に食べにいくところです」

「あの店美味しいよね。沖田課長、俺たちも昼はイタリアンにしよう。朝からヘビーだったから気分転換したい」

渡辺くんが手を合わせてお願いすると、怜は冷ややかな目で確認した。

「気分転換ねえ。俺と食べるのは飽きたって?」

「飽きたっていうか、賑やかな方が楽しいじゃないか。それに、今日ホワイトデーで山本さんと沢口さんにお礼もしたいし」

必死に言い訳する渡辺くんの背中をポンと叩いて怜はニヤリとした。

「それじゃあ、今日は渡辺の奢《おご》りってことで」

「渡辺くん、ありがとう」

私がニコッと笑って礼を言うと、亜希ちゃんも渡辺くんにとびきりの笑顔で微笑んだ。

「渡辺さーん、ありがとうございます！　来年も義理チョコあげますね」

「あはは、それはどうも」

複雑な顔をする渡辺くんを見て、私たち三人はクスッと笑う。

そんなノリでイタリアンの店に行き、店員に窓際の席に案内された。

私と亜希ちゃんが並んで座り、向かい側に怜と渡辺くんが座る。

私の前が怜だったからちょっと緊張した。

万が一下の名前で呼んでしまったらマズい。

そんなことを考えていたら、怜が横にあったメニューをテーブルの上に置いた。

「なににする？」

その言葉でみんな一斉にメニューを見つめる。

「私はウニといくらのクリームソースにします。雪乃先輩はなににします？」

「私はエビとホタテのスープパスタにする」

亜希ちゃんが即決したので私もパッと見て興味を引いたのを選ぶと、怜も悩まずに言った。

「俺はボンゴレ。渡辺は？」

「うーん、ペペロンチーノもいいし、牛すじのミートソースもいいし、あっカルボナーラもいいな」

なかなか決められない渡辺くんを見て怜が注意する。

「渡辺、迷いすぎ。時間ないんだからすぐに決めろよ」

「でも、どれも美味しそうでさあ」

メニューを見て悩ましげな顔をする渡辺くんに、亜希ちゃんがニコニコ顔で言った。

「それなら私が選んであげますよ。やっぱり男性なので肉がいいですよね。牛すじのミートソースにしましょう」

「ははは、沢口さんて悩まないよね」

亜希ちゃんの選択を聞いて渡辺くんは苦笑いする。

「渡辺は沢口さんの爪の垢《あか》を煎じて飲ませてもらうといいかもな」

怜はそう提案すると、店員を呼んでパスタを注文した。

「沖田さんは四月から部長ですね。ボーナスアップ期待してるのでよろしくお願いします。沖田大明神さま」

亜希ちゃんが沖田くんに向かって手を合わせる。

そう。三月の初めに発表された辞令で怜は部長に昇進する。ちなみに竹下部長は常務に昇進だ。

「なに？　その沖田大明神って」

怜は亜希ちゃんの言葉に首を傾げ、説明を求めた。

「実はバレンタインに沖田くんのデスクにチョコがいっぱい置かれているのを見て、お供え物みたいって話をしてて。それで沖田大明神と言って拝んでたの」

私の話を聞いて怜がおもしろそうに目を光らせる。

「バレンタインにねえ。ふたりでそんなことしてたとはな。陰でなにを言われてるかわからないな」

「沖田課長が沖田大明神なら、俺はなんて呼ばれてるの？」

渡辺くんが興味津々といった顔で尋ねると、亜希ちゃんが悪戯っぽく笑った。

「渡辺さんは女性社員の間では、〝残念なイケメン〟で通ってますよ」

「……残念なイケメンね」

力なく笑う彼を、亜希ちゃんは励ました。

「でも、渡辺さん好きな子って結構いますよ。うちの会社では沖田さんの次に人気です。よかったですね」

「へえ、そうなんだ」

亜希ちゃんの言葉に気をよくする渡辺くんの肩を怜がポンと叩いた。

「よかったな、渡辺」

「お前はいつもモテてていいな」

渡辺くんの言葉に怜はちょっと顔をしかめた。

「モテて得することなんて一個もない。好きな相手にだけ好かれればそれで満足」

「おお。さすが沖田さん。男前発言。今恋人いるんですか？　よく同期の友達に聞かれるんですけど」

亜希ちゃんが一瞬私に目を向けて怜にそんな質問をするものだから、なんだか嫌な予感がした。だが、怜は余裕の表情で答える。

「ロックオンしている相手ならいるよ。なかなか手強くてね」

「沖田さんでも落ちないってすごいですね。その人美人なんですか？」

怜の話に食いついた彼女がさらに質問すると、怜は私をチラッと見て微笑する。

「ああ。とびきりのね」

ふたりの会話にハラハラせずにはいられない。冷や汗が背中をスーッと流れる。

もうその話はやめて！

目で怜に訴えるが彼はスルーして、「髪が長くて綺麗なんだ」なんて話をするから慌てた。

いいタイミングで注文したパスタが運ばれてきて、ふたりの話を遮る。

「あっ、パスタ来たよ。美味しそう」

「ホントですね。ゆっくり堪能したいな。沖田さん、ランチの時間課長特権で延ばしてもらえませんか？」

亜希ちゃんが冗談でそんなお願いをするが、怜は笑顔で断った。

「それはダメだね。それに特権なんてないよ。中間管理職なんて上からも下からも圧力かかって辛い」

「そのセリフ、沖田くんが言っても説得力ないよ。上なんか気にしてないじゃない」

怜の言葉を否定したら、渡辺くんも私に同意した。

「ああ。社長にも意見するもんなあ」

「さすが沖田さん！　私一生ついていきます！」

亜希ちゃんが持ち上げると、怜は優しく微笑んだ。

「沢口さんが一生働きたくなるような会社を目指すよ」

それからいただきますをしてランチを楽しむ。

デザートのティラミスが運ばれてきたが、怜は手をつけない。

「甘いの苦手なんだ。誰か食べる？」

私と亜希ちゃんに目を向ける彼。

あれ？　バレンタインの時はクッキーたくさん食べてたのに、甘い物苦手だったの？

怜の発言に驚いていたら、渡辺くんも私たちにデザートを譲った。

「あっ、俺のもどうぞ。ふたりで食べてよ」

「じゃあ雪乃先輩、遠慮なくいただきましょう」

ニンマリする亜希ちゃんに頷くと、怜に目を向けた。

「そうだね。ありがとう。いただきます」

ティラミスは、甘さも控え目で私好みの味だった。

亜希ちゃんと「美味しいね」と言い合っていたら、前から手が伸びてきてスプーンごと手を掴まれた。

　え？

　ポカンとする私に構わず、怜が前屈みになってティラミスをパクッと口にする。

「意外とうまいかも」

　ペロッと唇を舐めて、セクシーに微笑む彼。

　だが、私と亜希ちゃんと渡辺くんの三人は固まっていた。

　みんなすぐに怜の行動を理解できなかったんだと思う。

　ちょ……ふたりだけじゃないのになにやってるの！

　怜の大胆な行動に呆気に取られていたら、亜希ちゃんがふふっと笑った。

「沖田さん、それ誰にでもやっちゃダメですよ。女の子が自分に気があるんじゃないかって勘違いしちゃいますから」

「そうかな？　山本は勘違いした？」

　怜が楽しげに私を見て確認する。

「いいえ。沖田くんの悪戯だと思ってるよ」

　できるだけ平静を装って答えたら、彼は意味深な発言をした。

「だってさ、沢口さん。大丈夫。ちゃんと誤解されないように相手は選んでるから」

怜の言葉に首を縦に振って渡辺くんが相槌を打つが、その時彼がチラッと私を見て微笑んだ。

「うんうん、そうだね。沖田課長はちゃんと選んでる」

この日、ひょっとして渡辺くんは私と怜の関係を知ってるの？

少しビクビクして様子を窺っていたら、目が合ってフリーズした。だが、渡辺くんはなにも言わずただニコッとして、亜希ちゃんに視線を移す。

「ところで沢口さん、俺もティラミスひと口食べたいなあ。沖田課長も味見したし」

「ダメですよ。これは私が全部食べます」

彼女は渡辺くんのお願いを笑顔で断る。はっきりノーと言えるところが彼女らしい。

「沢口さんのいけず」

わざといじける渡辺くんを見て、みんなクスクス笑う。

和やかで楽しい時間。

それから食事を終えると、会社に戻ろうとする三人に声をかけた。

「私は部長に頼まれた物があるのでちょっと寄り道していきます」

私の言葉に亜希ちゃんが反応した。

「ああ。手土産部長に頼まれてましたよね」

「うん。あっ、沖田くん、頼まれた資料は机の上に置いておいたから」

資料のことを思い出して怜に伝えると、彼はニコッと微笑んだ。

「ありがと。助かる」

みんなと別れて近くにある有名和菓子店に行き、頼まれた羊羹を買って会社に戻ろうとしたら、バッグに入れておいたスマホがブルブルと震えた。

亜希ちゃんか誰かが電話をかけてきたのかと思ってスマホを見ると、知らない番号で首を傾げた。

「間違い電話かな？」

そのまま無視しようとしたのだけれど、誤って通話ボタンに触れてしまった。

《もしもし、山本？》

聞き覚えのある声がして、顔から血の気が引く。

この声……記憶よりも低いが、彼の声で間違いない。

それは私の結婚相手で、高校時代私をレイプしようとした男。

松本《まつもと》悠馬《ゆうま》――。

まさか彼から電話がかかってくるなんて思ってもみなかった。

おそらく父が私の番号を彼に教えたのだろう。

いったいなんの用でかけてきたのか。

どうせ四月になったら会うのだから、今は放っておいてほしい。

慌てて電話を切るが、心臓がバクバクしてすぐに動けなかった。

彼から電話がかかってきて改めて思い知る。

福井に戻ったら彼に嫁ぐんだと……。

息が苦しくなってしゃがみ込んだら、誰かが私の背中に手を置いた。

「君、大丈夫か？」

胸に手を当てながら顔を上げて相手を確認すると、以前美味しいステーキをご馳走してくれた怜の叔父さんが目の前にいた。

「あれ？　君は怜の……。具合が悪いのか？」

ストライプのシャツにジーンズとカジュアルな格好だが、背が高いせいかモデルみたいでかなり目立つ。

「ちょっと辛くて」

息を吐きながら返したら、彼が私の顔を覗き込んで確認した。

「うちの店まで歩けるか？」

返事をするのも苦しくて小さく頷く私に、彼は手を貸す。鉄板焼きの店まで連れていかれ、奥にある部屋に通された。

四畳半くらいの広さで、黒いレザーのソファとテーブルが置かれている。

「ちょっと休んでて」

怜の叔父さんはソファに私を座らせ、部屋を出ていく。

座っているといくらか気分が楽になり、呼吸も落ち着いてきた。

彼のお陰で助かった。

あのままひとりでいたら気を失って倒れていたかもしれない。

コンコンとノックの音がして、怜の叔父さんが戻ってきた。

コップに入った水を私に差し出す。

「怜に連絡しておいたから、少し休んでいくといい」

「すみません」

礼を言いながら水を受け取って少し口にする。

「さっきよりはちょっと顔色がよくなったか。怜にこき使われているなら俺から注意しておくぞ」

冗談ぽく言う彼の言葉に、思わず笑みがこぼれた。

「むしろ残業していると、早く帰れって煩く言われます」

「そうか。前に高熱出したって話を怜がしてたが、体調はいいのか?」

「最近は体調よかったんですけど、急にあったかくなって身体が対応できてないのかも」

怜の叔父さんには本当のことは言えなかった。

あの人の声を聞いただけでこんなにショックを受けるなんて……。

実際に松本に会ったらどうなってしまうのだろう。

最近は一日が終わるたびに、命を削られていくような恐怖を覚えるのだ。

ゆくゆくは彼と結婚して一緒に暮らすことになる。

考えただけで失神しそうだ。

「俺が言うのもなんだが、今日は会社早退したらどうだ?」

私を気遣う怜の叔父さんに明るく笑ってみせた。

「大丈夫です。マスターの顔を見たら治りました」

ひとりで家にいたら松本のことを考えて暗くなる。それなら仕事をしていた方がいい。

「修二でいいよ。怜の知り合いだし。前にも言ったかもしれないが……あいつが夢中になるだけあって美人だな」

急に彼が大人の魅力全開で私の頬に触れてきてドキッとした。

怜に似たその顔。

間近で見ると、やはり怜の血縁なんだと思わずにはいられない。

修二さんの目が妖しく光っていて……。

「え？　あの……」

戸惑う私に彼は顔を寄せて、男の色香だだ漏れで微笑んだ。

「人のものだと思うと余計に欲しくなる」

なんだか危険な雰囲気。

空気も張り詰めてきて、息苦しくなってきた。

でも、相手は怜の叔父だ。なにかあるわけない。

「しゅ、修二さん、冗談はやめてくださいよ」

ハハッと笑って空気を変えようとするが、彼は真っ直ぐに私を見据えて言葉を紡いだ。

「冗談じゃないって言ったらどうする？」

その問いに瞬きするのも忘れ、ゴクッと息を呑む。

まるで魔法をかけられたみたいに彼から目を離せなかった。

「修二……さん？」

震える声でその名を口にしたら、修二さんが私の唇を奪おうとしてきて咄嗟に彼の口に手を当てた。

「ダメ！」

いくら怜と似ていても、彼は怜じゃない。

顔を背けて目を閉じると同時に、ドアが勢いよく開いて怜の声がした。

「雪乃、大丈夫か……って、なにやってんだよ！」

ゴンと鈍い音がしてハッとして目を開けたら、怜と修二さんが対峙《たいじ》していた。

怜は激しく息を吐きながら鬼のような形相で修二さんを睨みつけ、一方修二さんはどこか楽しげな目で怜を見ている。

「俺の女に手を出すなよ！　油断も隙もない」

怜が修二さんに怒りをぶつけるが、修二さんはまともに相手にせずニヤリとして手で口元についている血を拭った。

「意外と早く着いたな。走ってきたのか？」

この状況。どうやら怜がカッとなって修二さんを殴ったようだ。

「当然だろ？　雪乃が心配だったし、修二さんも彼女になにするかわからないからな」

刺々しい口調で返す怜を見ても、修二さんは余裕の笑みを浮かべている。

「信用ないな。だが、俺に関しては大丈夫だ。彼女のガードは堅い」

修二さんのその顔はどこか嬉しそうに見える。

やっぱり本気じゃなくてからかわれたんだ。

修二さんのような大人の男性が、私を相手にするわけがないもの。

それか、私が本当に怜を好きなのか試したのかもしれない。

「ガードが堅い……じゃないだろ！　このスケコマシ！」

修二さんを罵る怒りＭＡＸの怜を見て、笑いが込み上げてきた。

「いつも冷静沈着な怜が……怒ってる……ふふっ」

「雪乃？」

キョトンとした顔で私を見つめる怜。

「ご、ごめん。怒ってる怜がなんだかかわいくって」

笑いをかみ殺しながら説明したら、彼は少しバツが悪そうな顔で尋ねた。

「身体はもう辛くないのか？」

「大丈夫。ちょっと気分悪くなっただけで倒れてないから」

きっと打ち合わせを抜けてきたのだろう。

「修二さんは倒れたって言ってたけど」

怜は私の返答を聞いて、チラッと修二さんを見やった。

「まあ、ちょっと脚色した。お前が飛んでくると思って」

「俺をハラハラさせて遊ぶなよ。悪趣味すぎるぞ」

不機嫌さを露わにしながら修二さんにそんな文句を言うと、怜は私に視線を戻した。

「雪乃、タクシー呼ぶから今日はもう帰った方がいい」

修二さんの説明を聞いても、怜は私を病人扱いする。

「大袈裟だなあ。本当に大丈夫だから仕事させて。お願い、沖田大明神さま」

手を合わせてお願いする私を見て、彼は渋々折れた。

「また具合が悪くなったら、有無を言わさず早退させる」

「了解です、沖田課長」

私が元気よく敬礼して見せると、修二さんが笑って突っ込んだ。

「そこは沖田大明神じゃないんだな」

それから店を出て会社に戻ると、亜希ちゃんが心配そうに私に声をかけた。

「雪乃先輩、沖田さんから倒れたって聞きましたよ！　大丈夫ですか！」

「倒れてはいないんだけど、なんか心配かけちゃってごめんね。道歩いてたら急に気分悪くなっちゃって。貧血かなあ」

　ハハッと笑ったら、怜がそんな私を見て亜希ちゃんに指示を出した。

「沢口さん、山本の顔色悪くなったら、すぐに帰らせて」

「任せてください」

　真剣な顔で返事をする彼女を見て、ハーッと溜め息をつく。

「本当に大丈夫ですよ。みんな大騒ぎしすぎ」

「山本は具合が悪くても無理するからだよ。それじゃあ、沢口さんよろしく」

　私の頭をクシュッとすると、怜はオフィスから消えた。

　え？　なんで会社で恋人のように触れてくるの？

　彼の突然の行動に一瞬唖然《あぜん》とする私。

　クスッと亜希ちゃんの笑い声が聞こえてハッと我に返った。

「雪乃先輩愛されてますね。沖田さんの言ってた難攻不落の美人って雪乃先輩のことでしょう？」

　自信を持って言う彼女に、声を潜めて否定した。

「違う。うちの会社の御曹司の彼が、普通のＯＬの私を好きになんてならないよ」

「そういうことにしておきますけど、沖田さんには三月で辞めること話しておいた方がいいんじゃないですか?」

急に真面目な顔で自分の考えを伝えてくる彼女。

「それはダメ。亜希ちゃんも言わないでね、お願い」

彼女が私のことを思って言ってくれているのはわかっていたが、どうしても受け入れられなかった。

「先輩……」

彼女がなにか言いたげに私をジッと見つめてくるので、明るく笑ってみせた。

「ほら、仕事しよう。やらなきゃいけないことがいっぱいあるから」

三月は期末の処理があって忙しい。

ただでさえ最近怜が私の体調を気にして定時になると、「早く帰るように」と声をかけてくる。効率よくやらないと仕事が終わらない。

買ってきた羊羹を部長室に持っていったら、竹下部長にも心配された。

「山本さん、早退しなくて大丈夫かい? 沖田くんが『山本が倒れた』って血相変えて言ってたけど」

「ちょっと気分が悪くなっただけで、今は復活したので大丈夫です」

笑顔を作る私に、部長は優しく微笑んだ。

「ひとりで背負わず、無理しないでね」

「はい」

部長の気遣いが嬉しかった。

私は同僚にも上司にも恵まれている。ここにいる間は、精一杯仕事しなくちゃね。

みんなに元気をもらったからか、午後はなんとか仕事に集中できた。

このままもう少し仕事をしたいと思ったのだけれど、今日も定時過ぎに怜が戻ってきて私の肩を叩く。

「もう六時過ぎた。帰れよ」

「わかってます」

少しムスッとして返す私を見て、彼は釘《くぎ》を刺した。

「山本が帰らないと沢口さんも帰れない。早く机の上片付けるように」

「はい」

溜め息交じりで返事をして、パソコンの電源を落とす。

怜ってひとりっ子なのに結構過保護だよね。

亜希ちゃんがニヤニヤして私たちのやり取り見てるの気付いてる？

目で訴えるが、彼はまだ続ける。

「ちゃんとご飯食べて今日は早く寝ろよ」

「沖田くん、私のお母さんみたいだよ」

彼の命令にカチンときて文句を言ったら、倍返しされた。

「そうさせてるのは山本。本当に倒れられたら困る。前科があるからな」

「嫌な言い方しないでください。仰せの通り帰ります」

バッグを持って亜希ちゃんに軽く手を振り、怜に一礼してオフィスを出る。

エレベーターに乗ろうとしたら、なぜか彼が追ってきた。

「まだなにか?」

冷ややかに怜を見据えると、彼は「ちょっと強く言いすぎた。ごめん」と謝る。

彼の謝罪を聞いて初めて気付いた。

私、どうしてこんなにイライラしているんだろう。

松本から電話がかかってきて神経が張り詰めているのかな?

「私こそごめんなさい。イラッとしちゃって」

反省する私に、彼は優しく微笑む。

「疲れてるんだよ。タクシー呼んでおいた。支払いは済んでるからちゃんと乗って帰るように」

「心配しすぎ」

わざと呆れ顔で言うが、彼は笑って言い返す。

「雪乃に関しては心配しすぎがちょうどいいんだよ。じゃあ俺これから打ち合わせだから」

私の頭をポンと叩いて、彼は去っていく。

怜だって忙しいのに。私はなにをやっているのか。

会社を出ると、正面玄関前に停まっていたタクシーに乗り込んだ。

シートにもたれかかり、ふーっと息を吐く。

すでに行き先は怜が知らせていたようで、私は乗ってるだけ。

甘やかされてるな。こんな風に私のことを心配してくれるのは彼だけだ。

ずっと彼の近くにいられたらどんなにいいだろう。

彼と思いが通じなくても、一緒に仕事ができるだけで幸せだった。

でも、そんな些細《ささい》な幸せでさえも私には許されない。

もう私の人生は自分のものではないから。

これ以上彼に心配をかけちゃいけない。あと二週間しっかり働いて、笑顔で会社を辞めよう。

今後の生活がどんな地獄でも、私は怜のいるこの会社や一緒に働いているみんなが好きだから――。

そんなことを考えているうちに、寮に着いた。

タクシーを降りて正面玄関に向かったら、自動ドア付近にある観葉植物の鉢植えの前にスーツ姿の男性が立っていた。

影になっていて顔がよく見えないが、背が高くスラッとしている。

誰かと待ち合わせをしているのだろうか。

男性の横を通り過ぎようとしたその時、なぜか身体がゾクッとした。

〝早くここから去れ〟と私の脳が警鐘を鳴らす。

だが、立ち止まってなにかに引き寄せられるように男性に目を向けたら、目が合った。

「やあ、お帰り、山本。いや、結婚するんだから雪乃か」

黒髪のサラサラヘアに目元には小さな黒子。目は切れ長で鋭い眼光をしたこの男を私はよく知っている。

記憶より少し体型ががっしりしているけれど、彼は私がこの世で一番会いたくない人だった。

悪魔のようにニヤリとする松本を見て、身体がガクガクと震え出す。
とても衝撃的だったし、恐ろしかった。
どうしてここにいるの！
高校時代のことがフラッシュバックして、激しい頭痛にも襲われる。
い、嫌！　怖い……。
逃げなきゃ！
パニックになりながら踵《きびす》を返して逃げるが、松本も追ってきた。
「待てよ！」
彼が叫んでも、後ろを振り返らずに必死で走った。
松本に会いたくなかった。
彼の顔を正視する勇気すら今の私にはない。
パンプスで走るのは痛いけれど、気にして止まってはダメだ。
このままだと捕まる。
だって、私を追ってくる彼の足音が聞こえるのだ。
木々に囲まれている近くの公園を通り抜けようとしたら、足が絡んで躓《つまず》いた。
「うっ！」

顔をしかめながら体勢を立て直し、痛みをこらえてまた走る。

どんなに足が痛くても、どんなに息が苦しくても止まるな。

近くの駅にたどり着き、なにも考えずにすぐ来た電車に乗った。

電車の扉が閉まって動き出すと、椅子に座って胸に手を当てた。

これで追っては来れない。

ひとまずホッとしたが、今日はもう家には帰れないだろう。

まだ松本がいるかもしれないと思うと、身体がブルッと震えた。

どこへ行けばいいのか。

そう考えて頭に浮かぶのは怜の顔。

今はただ彼に会いたい。

突然彼のところに行ったら迷惑だとか、今の私には考える余裕なんてなかった。

松本に再会したせいで、心臓がまだバクバクしている。

一刻も早く怜に会って心を落ち着けたい。

電車を乗り換えて怜のマンションに行くが、あることに気付いてエントランスの前で立ち止まった。

私……彼のマンションの鍵、持っていない。

一気に脱力してそのままよろけそうになり、慌ててエントランスの壁に手をついた。

「馬鹿みたい……」

精神的におかしくなっているのか、ハハッと乾いた笑いが込み上げてきた。

腕時計を見ると、午後九時過ぎ。

「まだ帰っていないだろう……な」

電話をして怜の仕事の邪魔はしたくない。

なにも考えずに衝動で来てしまった。

「今日はどこかホテルに泊まろう」

誰に言うでもなくポツリと呟いて駅に向かおうとしたら、怜の声がした。

「雪乃？」

第七章　いつだって甘く愛してる

「雪乃？」

　仕事を終えて帰ると、自宅マンションの前に雪乃がいて驚いた。

　六時過ぎにタクシーに乗って自宅に帰ったはず。

　どうしてここにいるのか？

　彼女が自分で俺の家に来るなんて初めてのことだ。

　いつもは会社が終わると俺が強制的に連れ帰る。そうしないと彼女はうちに来ないから。

　一緒に過ごすと距離は縮まるのに、離れるとまた普通の同期に戻ろうとする。

　彼女と関係を持って一カ月経ったが、まだ恋人とは言えない微妙な状態。

　どんなに甘い言葉を囁いても、彼女には効果がない。

『私は怜に相応《ふさわ》しくないもの』

　そう言い訳して俺との間に壁を作る。だから、じっくり我慢強く彼女が俺に心を許すのを待つしかない。

ライトに照らされたその顔は、白くて生気がないように見えた。

明らかに様子がおかしい。

なにも言わず、ただジッと俺を見ている彼女に話しかけた。

「どうした？　なにかあった？」

「私……なんでもない。帰る」

か細い声で答えて、右足を少し引きずりながらここから去ろうとする雪乃の手を掴んだ。

「待った。なにかあったから来たんだろう？」

顔を見たら彼女の目から涙がこぼれ落ちていて、ただごとではないと思った。

「……帰る」

俺の手を外して離れようとする雪乃を、ギュッと抱きしめた。

「帰さないよ」

耳元で優しく告げると、彼女が嗚咽《おえつ》を漏らす。

その身体は震えていた。

いったいなにがあったのか。今日のお昼に具合が悪くなったのも気になる。

しばらくなにも話しかけずに、彼女が落ち着くのを待った。

渡辺に雪乃のことを調べてもらったが、彼女はいろいろ問題を抱えているようだ。

彼女の実家は福井で、父親は昭和から続く眼鏡会社『山本眼鏡』の社長。会社は従業員八十人程の中堅企業だが、地元ではその名をよく知られている。

母親は彼女が大学生の頃に交通事故で他界。三つ上の兄がいて、副社長をしている。去年までフランスで修行していて、父親の会社を継ぐために戻ってきたらしい。

雪乃は高校三年の時に不登校になり、その数カ月後に上京。優等生でいじめにあったという噂もなく、不登校の理由についてはわからない。上京後は叔母の家で暮らし、大学も就職も東京で福井には滅多に帰らないそうだ。

もう彼女とは五年の付き合いになるが、今年の祖母の葬儀以外で福井に帰省するという話を聞いたことがない。

『山本は年末年始どうするの？』

正月休みの予定を聞くと、いつも雪乃は決まって『寮でゴロゴロする』と笑って答える。

東京に出てきて福井に滅多に帰らないことから考えると、福井にいたくない理由があるのだろう。

家族と揉めているのか、それともなにか他の原因があるのか。

渡辺の話では、雪乃の父親の会社は経営状態が悪いにもかかわらず、新しいブランドを出して東京への出店を計画しているらしい。

その金がどこから出ているのか今渡辺に調べてもらっているところだ。

しばらく雪乃の背中を撫でていると、落ち着いたのか静かになった。

「うちに帰ろう」

雪乃の顔を覗き込んで涙を拭い、マンションに入る。

だが、彼女が足を引きずっているのが気になった。

そう言えば、会った時も歩き方がぎこちなかったような。

エレベーターホールの前で確認したら、雪乃の右の足首がパンパンに腫れていて驚いた。

「足、どうした？」

見るからに痛そうだ。

屈んで患部に触れると、彼女は「うっ」と顔をしかめた。

「足をちょっと捻っちゃって……」

この腫れ具合、ちょっとどころじゃないだろ。もっと早く気付けばよかった。

「病院に行こう」

こんなに腫れていると、骨にヒビが入っていないか心配だ。

とりあえずロビーにあるソファで休ませるか。

雪乃を抱き上げようとしたら、彼女は小さく頭を振った。

「平気だよ」

「ダメだ。俺が平気じゃない」

放っておいたら大変なことになる。

強がる彼女を叱りつけてソファに運び、すぐにタクシーを手配して、知人が経営している病院に連れていった。

改めて病院で雪乃の顔を見たら、かなり憔悴していた。

すぐに診てもらえてレントゲンを撮った結果、「捻挫ですね」と医師に言われた。

骨にヒビが入っていなくてホッとしたが、それで終わりではない。

突然雪乃がうちにやってきた理由がまだわからない。なんとかして聞き出さないと。

湿布薬をもらって雪乃をうちに連れて帰り、ほとんどなにも話さない彼女をリビングのソファに座らせた。

「ご飯は食べた？」

「ううん。怜もまだだよね？　私なにか作るよ」

　立ち上がろうとする雪乃の肩に手を置いた。

「怪我人は座ってる。今買い物行ってなくて、チャーハンくらいしか作れないけど」

　ジャケットを脱いでネクタイを外すと、シャツを腕まくりする。

「……ごめん」

　申し訳なさそうに謝る彼女に笑顔で返した。

「なんで謝る？　こないだは雪乃が作ってくれたじゃないか」

　隣のキッチンに移動して雪乃の様子を窺いながらチャーハンを作り、ダイニングテーブルに並べた。

「食べよう」

　声をかけると、雪乃が足を引きずりながらやってきたので手を貸した。

「痛そうだな。しばらくはうちにいた方がいい。会社は足が治るまでタクシー使うか、俺と一緒に出勤するか」

「でも……迷惑じゃない？」

　この反応。いつもなら家に帰るとか、怜と一緒に出勤なんて無理って言って揉《も》めるのにな。

　普段は俺に遠慮するし、周囲の目を気にしすぎなのだ。

着替えや化粧品だって置いておけばいいのに持って帰ろうとする。それを俺が煩く言って止める。

だが、今日は違う。俺の言うことに反対しない。

家にいるのが嫌なのだろうか。

「全然。俺としては大歓迎。雪乃が帰った日の夜とか寂しくて枕濡らして寝てるよ」

茶目っ気たっぷりに言うと、雪乃が笑顔を見せた。

「嘘。私が帰ったくらいで泣かないよ」

やっと笑った。

「寂しいのは本当。冷めないうちに食べよう」

ふたりでいただきますをして食べ始める。

「今日雪乃が帰った後、渡辺が沢口さんに怒られてた。『デスクに並んでいる栄養ドリンクの瓶片付けてください』って」

俺がそんな話を振れば、彼女は「ああ。渡辺くんのデスクの上に五本くらい置いてあった」と相槌を打つ。

そんなくだらない話をして雪乃の不安を少しでも軽くしようとしたが、彼女はチャーハンを半分くらい残した。

食欲もなくて心配だが、ひとりでいるよりはいい。俺のところに来たということは助けを求めているのだ。

食事を終わらせると、彼女に尋ねた。

「雪乃、なにがあった？」

いつまでも引き延ばしてはおけない。

なにも答えないかと思ったが、彼女はためらいがちに話し始めた。

「……会いたくない人に会っちゃって」

今日はタクシーで寮に帰ったはず。

街中で会ったのではなく、寮でその人物に会ったのだろう。

だとしたら家族？

「会いたくない人って？」

詳しく聞いたら、彼女はその瞳に暗い影を落とした。

「高校の同級生。まさか東京にいるなんて思わなくてビックリして……なにも考えずに怜のところに来ちゃった」

高校の同級生？

それって彼女の不登校と関係があるのだろうか？

雪乃の寮には管理人がいて、社員以外の者は入れない。

彼女が詳細を言わないからよくわからないが、その同級生は寮の前で待ち伏せしていたのかもしれない。

「それは正しい判断。高校の同級生って男?」

相手がわかれば雪乃から遠ざけたい。彼女がこんなに取り乱すなんて只事ではないから。

同級生の情報をもっと聞き出そうとしたら、彼女が自分の肩を抱いて震え出した。

「うん。でも……もういい? これ以上思い出したくない」

この拒絶反応。これ以上聞くのは無理だな。

「いいよ。もう思い出さなくていい」

雪乃を守るように抱きしめる。

彼女の不安や苦しみを全部分けてほしい。ひとりで悩んで辛そうな顔をする彼女を見ると胸が痛くなる。

雪乃の同級生について調べる必要があるな。

「もっとギュッとしてもらっていい?」

俺の胸に頬を寄せる彼女に甘く返した。

「お願いなんてしなくていい。俺もギュッとしたいから」

腕に力を入れると、雪乃も俺の背中に腕を回した。

布越しに伝わる互いの体温。その温もりに安心する。

今、彼女は俺の腕の中にいる。

このままずっと閉じ込めておけたらいいのにな。

もちろん、実際にはそんなことはできない。

だが、俺の中に彼女がいなくなるんじゃないかって不安は常にあるから、ずっと彼女といたいという思いが強くなる。

前に見た夢のせいだ。

それが現実になるかもしれない。

ただの夢だと思えないのは、彼女が俺に隠し事をしているから。

もっと彼女に触れて安心したい。

そう思った時、雪乃が囁くような小さい声で言った。

「怜……抱いてほしい」

返事をする代わりに彼女を抱き上げて寝室のベッドに運び、俺もベッドに上がった。

雪乃の頭を掴んでその柔らかい唇を奪うと、彼女も応えたのでキスを深めた。

吐息を漏らす雪乃の口内を割って入り、舌を絡ませ合いながら、彼女が着ていたブラウスのボタンを外す。

雪乃も俺のシャツに手をかけ、ボタンを外そうとするが手こずっていた。

「雪乃って意外に不器用？」

クスッと笑ってからかうと、彼女はムキになって否定した。

「違う。人のはやり慣れてないだけ」

確かにすんなり外されたら、ちょっとおもしろくない。

過去の男を想像して嫉妬するかも。その点、彼女は俺が初めてだったから心配はない。つくづく彼女は俺にとって特別な女性だと思う。

「明日は土曜だし、時間はたっぷりある。落ち着けよ。そんなに俺が欲しいのはわかるけど」

愛おしいが故に弄りたくなる。

からかうような笑みを浮かべたら、彼女は俺を上目遣いに見て押し倒した。

「黙ってて」

会社では絶対にこんなセクシーな彼女は見られない。俺しか知らないのだ。

「うう……ん！」

そのことに優越感を覚える。

「積極的だな。雪乃はたまに大胆になるよね？」

お手並み拝見とばかりに雪乃が俺の胸に唇を這《は》わせるのを楽しそうに眺めていたら、彼女が顔を上げてじっとりと俺を見た。

「怜はベッドの中では意地悪になるよね？」

「心外だな。いつだって甘く愛してるよ」

上体を素早く動かして雪乃を組み敷くと、彼女の身体を隈《くま》なく愛撫して証明してみせる。

その夜、俺たちは明け方まで愛し合った。

第八章　思いがけない妊娠

「だいぶ腫れが引いたな」

私の捻挫の痕を見てホッと胸を撫で下ろす彼。

松本に再会してからあっという間に十日経った。

その間ずっと怜の家にいて、寮の自分の部屋には一度も帰っていない。

あの悪夢の夜、かなり動揺していたこともあって松本のことを怜に話してしまった。

今思い返すと、失言だったと思う。

でも、怜はもう松本がどういう人物なのか追及してこない。

彼には松本のことを知られたくないから、忘れていればいいのだけれど……。

足の怪我は治ってきたが、心の不安……いや恐怖は増すばかりだ。

あと、一週間もすれば福井に帰らなければいけない。

「うん。今日からは普通に電車で会社に行ける」

やっと自由に動けると思ったのだが、この十日間ですっかり私の保護者と化した怜に却下された。

「ダメ。今日もタクシーで行くこと」

「タクシー代がもったいないよ」

不満を口にする私の肩を、彼はポンと叩いて宥《なだ》める。

「駅の階段で転んで怪我を悪化させるのに比べたら、タクシー代なんて安いものだ。保険と考えるんだな」

「貧乏性だから無理だよ。怜は今日大阪で打ち合わせでしょう?」

あまり揉めたくなくて話題を変えたら、彼が私をジッと見つめてきたのでドキッとした。

「ああ。一緒に出勤できなくて寂しい?」

「全然」

澄まし顔で答える私を見て、怜はわざとガッカリしてみせた。

「つれないな」

「だってずっと一緒に出勤してたら、偶然バッタリ会ったたって言い訳が通用しないでしょう? 社長に会った時は心臓止まるかと思ったよ」

足を引きずる私に怜が付き添っていたものだから、うちの会社の社員の視線を強く感じた。知っている人には『沖田さんと同伴出勤で羨ましい』なんてからかわれて、言い訳するのが大変だったのだ。

最悪なことに怜の父親でもある社長にも見られて、あの時はもう消えたいと思った。

挨拶もできずに固まっていた私の横で、怜は『俺のせいで捻挫したから、お詫びに送迎してるんだよ』と平然と社長に嘘をついた。

社長は『ああ。なるほど。話は聞いていたが、こんな美人だったとは』と私に優しく微笑んだので、その発言にいささか引っかかりを覚えたけれどホッとした。

この人、心臓に毛でも生えているんじゃないかって思う。

「あの時の雪乃、ひどく動揺してたよな」

クスッと笑う怜をじっとりと見た。

「おもしろがらないでよ。ねえ……私、今日寮に帰ろうと思う。郵便物も溜まってるだろうし」

思い切ってその話をしたら、彼は急に表情を変えた。

「危なくないか?」

「帰る前に管理人さんに不審者がいないかちゃんと確認する。だから心配しなくていいよ。いろいろ面倒かけちゃってごめんね」

心配そうに私を見る彼に、明るく笑ってみせた。

ここにいるのは居心地がよくて、毎日がとても幸せだった。

でも、足が治ったのだから、出ていかなくては。

このまま居続ければ、離れるのが余計辛くなる。すでに手遅れかもしれないけど。

それに、松本からは【今回は諦めるが、次は逃がさない。福井で会うのを楽しみにしてる】とメッセージが送られてきた。

覚悟を決めなくてはいけない。

頭ではわかっていたのだが、身体が松本を拒絶する。

人身御供《ひとみごくう》にされるようなものだもの。

もっとも松本は神ではない。悪人だ――。

「残念。うちの子になったと思ってたのにな」

芝居がかった口調で言ってガッカリした顔をする彼。

「二十七歳で同い年の娘がいるって変だよ」

笑って突っ込んだら、彼が不意打ちでとんでもない言葉を放った。

「じゃあ、嫁に来るなら問題ないだろ？」

悪戯っぽく笑っているが、その目は真っ直ぐに私を見据えている。

聞き間違いだろうか？

嫁に来るならって……プロポーズ？　それとも冗談？

どう返していいかわからない。

狼狽える私を見て、怜がニヤリとした。

「断らないなら答えはイエスってことで」

「朝から冗談言わないで。心臓に悪い。四月から部長になるのよ。自分の発言には責任持ってよね」

本気にしないで怜の胸板をトンと叩いたら、彼はにっこりと微笑んだ。

「わかった。ちゃんと責任は取るよ」

この笑顔が曲者だ。考えすぎかもしれないが、なにか企んでいるような気がする。

でも、彼がなにを企んだところで、私の運命は変わらない。

私は怜とは結婚できないのだ。

もし、生まれ変わることがあったら、その時こそ彼のお嫁さんになりたい。

それくらいの夢を見るくらいなら、私にも許されるよね？

それから怜とたわいもない話をしながら朝食を作ってテーブルに着く。

ご飯、なめこの味噌汁、卵焼き、鮭の塩焼きとシンプルな和食。

いただきますをして食べ始めるが、ご飯の匂いを嗅いで、少し違和感を覚えた。

美味しい匂いのはずなのに、今日は逆に気分が悪くなる。

「どうした？」

怜に聞かれ、咄嗟に「ううん、なんでもない。ご飯軟らかすぎたかと思って」と答えたら、彼は穏やかな目で微笑んだ。

「俺はこれくらいがちょうどいいけど」

まるで夫婦の会話だ。こんな日常が続いたらいいのにね。

多分、こんな風に彼と食事をするのは最後かもしれない。

この時間を楽しもう。

食事が終わって身支度を整えると、怜と一緒にマンションを出た。

「じゃあ、寮に帰ったら連絡して」

マンション前で足を止める彼をじっとりと見る。

「心配性」

「そんなこと言うならうちに強制連行するけど」

私の態度が気に入らなかったのか、彼は意地悪く言った。

「わかりました。ちゃんとメッセージ入れる。行ってらっしゃい」

怜に手を振るとちょうどタクシーが来て、彼がいつものように私の頭をクシュッとした。

「行ってきます。足、気をつけろよ」

私がタクシーに乗ると、彼は後ろ手を振って駅の方へ向かった。その後すぐにタクシーが動き出して、二十分ほどで会社に到着。

タクシー通勤は電車通勤と違って快適。おまけに松本とばったり会う心配がない。

オフィスに行くと、すでに亜希ちゃんがいた。

「おはようございます。あれ？　雪乃先輩、今朝は沖田さんと同伴出勤じゃないんですね」

ふふっと笑みを浮かべる彼女を見て、思い切り顔をしかめた。

「おはよう。亜希ちゃんまでやめてよね」

彼女に怜のところに泊まっていたことを話してはいないけれど、きっとバレているに違いない。

だって、『どうして同伴出勤なんですか？』という他の人が聞いてくる質問をしないのだ。

それは彼女が私と怜の関係に気付いているからだと思う。

「ハハッ、すみません。もう足はいいんですか？」

「まだ体重かけるの怖いけど、腫れは引いたよ」

ヒールのある靴はまだ履けないが、歩くのは問題ない。

「無理しないでくださいね」

「うん。わかってる」

小さく笑って返事をすると、すぐに仕事に取りかかった。

集中して業務をしていたら、亜希ちゃんに肩を叩かれた。

「雪乃先輩、今日は社食行きましょう」

「あっ、もうそんな時間？」

掛け時計を見たらもう十二時をすぎていて、驚く私を見て彼女は小さく笑った。

「期末の処理してると、時間てあっという間に経ちますよね。朝の仕事だけでもうくたくた。いっぱい食べて体力つけないと」

ふたりで社食へ行くが、食欲があまりなくてメニューを見ただけで気分が悪くなった。

メニューから視線を逸らし、近くにある鉢植えを見て胃のむかつきを落ち着かせる。

食欲がないのはいつものことだけれど、料理を想像したり、メニューを見て気持ち悪くなるのはここ二日くらい前からだ。

多分、ストレスだろう。松本との結婚のカウントダウンが始まって、精神的に追い詰められている。

だからこそしっかり食べなければ。今倒れて会社を休むわけにはいかない。

そんなことを考えていたら、渡辺くんに声をかけられた。今日はいつも一緒にいる怜がいないからひとりだ。

「おっ、山本さんと沢田さん！　俺も一緒に食べていい？」

「うん」と私が返事をすると、横にいた亜希ちゃんが渡辺くんに同情するように言った。

「いいですよ。ボッチ飯は寂しいですもんね」

「そうなんだよね。今日は沖田課長大阪出張でいないし。ふたりはなににするの？」

彼の言葉を聞いて、もう一度メニューを見る。

「私は……キツネうどんかな」

一番食べられそうなメニューを選んだら、亜希ちゃんが眉間にシワを寄せた。

「雪乃先輩、それだけですかあ？　私なんて唐揚げ定食ですよ」

亜希ちゃんの目が怖い。

「あっさりしたのが食べたくて」

苦笑しながら弁解する私に、渡辺くんが穏やかな目で微笑んだ。

「そういう気分の時もあるよね。わかるよ。会食があった次の日とか胃もたれしちゃって」

「でも、渡辺さん、今日はトンカツですね」

亜希ちゃんがすかさず指摘したら、渡辺くんはボケた。

「まあね。育ち盛りだから」

「成長期もう終わってますよ」

亜希ちゃんの冷めた目を見て、渡辺くんが苦笑いした。

「沢口さん、冗談だから。そんな氷のような目で見ないで」

ふたりのやり取りにクスッと笑う。

奥のテーブルに着くと、亜希ちゃんが「あっ、水忘れた。先に食べててください」と言って席を立った。

食べててと言われたが、胃が受けつけない感じがする。

ジッとキツネうどんを見ていたら、渡辺くんがそんな私を気遣うように言った。

「食欲ないみたいだね。そう言えば、俺に姉がいるんだけど、悪阻《つわり》がひどい時そんな顔して即席麺のうどんのやつ毎日食べてた」

彼の姉のエピソードに驚きを隠せなかった。

「え！　妊婦さんなのに即席麺？」

決して身体にいいとは言えないと思うのだけど。

思わず声をあげる私に、渡辺くんはがクスッと笑いながら話を続けた。

「それしか食べられなかったらしくて、足りない栄養はサプリメントで補ってたよ。女の人っていろいろ大変だよね。だから、山本さんもさあ、体調悪い時は沖田課長や俺に頼りなよ。迷惑になんて思わないし、むしろ頼られて嬉しいから」

「うん。ありがと」

彼の優しさに心がほっこりしたが、ある可能性が頭をよぎった。

そう言えば今月は生理が遅れている。身体の異変を感じるのは悪阻のせい？

ううん、私はピルを飲んでるから、妊娠なんてありえない。

でも……待って。祖母の葬式や松本との縁談話がショックで飲み忘れたことがあったかもしれない。

もし……妊娠してたら？

そう考えたら余計に食欲がなくなった。

そこへ亜希ちゃんが戻ってきて、箸を止めている私にまるで母親のような口調で怒る。

「雪乃先輩、全然食べてない。残したら沖田さんに報告しますよ」

「沖田くんは、私の保護者じゃないんだけど」

ハーッと溜め息をつく私を見て、彼女はニコッと微笑んだ。

「沖田さんに雪乃先輩がちゃんと食べてるか見ててって頼まれてるんです」

「私の知らないところでそんな話してたの？」

驚く私に顔を近付け、彼女は声を潜めてニヤリとする。

「心配なんですよ。愛されてますね」

「亜希ちゃん！」

ついカッとなって声を張りあげてしまったが、周囲の視線を集めてしまい、小声で注意した。

「変なこと言わないで」

「事実ですよ。私が予言しましょう。雪乃先輩と沖田さんは結婚します」

どこか楽しげに言っているけれど、亜希ちゃんの目は真剣だ。

「それは妄想。沖田くんは将来うちの会社の社長になる人だよ。きっといいところのお嬢さんと結婚する」

なるべく平静を装って否定したけれど、亜希ちゃんにやり返された。

「それは偏見です。沖田さんは政略結婚なんてしないと思います。むしろ沖田さんは縁談とか辟易《へきえき》してるって渡辺さんが言ってましたよ」

「ああ。毎月縁談があって悩みの種だってさ。山本さん、沖田課長を救ってあげてよ」

渡辺くんに頼まれたが、素っ気なく返した。

「縁談だっていい出会いがあるかもしれないよ」

「先輩、あの沖田さんにロックオンされてるんです。どこへ行っても追ってきますよ。観念した方がいいです」

少し興奮気味に言う亜希ちゃんの言葉に、渡辺くんが大きく頷く。

「うん。素直に降参した方がいいよ」

ふたりともお願いだから私に夢なんか見せないで。

亜希ちゃんは福井に帰っても怜が追ってくると思っているのだろうが、万が一彼が福井にやってきても、私はもう松本の婚約者か妻になっている。

どんなに願っても私は怜のお嫁さんにはなれないのだから。

「そのアドバイスいらないよ」

胸が苦しくなるのを感じながらそう言ったが、亜希ちゃんは話を続けた。

「そうですか？　でも、この間社長がうちのオフィスにフラッとやってきて部長に先輩のこと聞いていたんです。それで部長、『沖田課長と山本さんはお似合いですよ』と満面の笑顔で勧めてましたよ」

彼女はおもしろそうに語るが、私は青ざめた。

そんなの困る。竹下部長、社長になにを言ってるの！

「きっと部長の冗談よ。社長だって軽く流したと思うわ」

動揺しつつも澄まし顔で返してうどんを黙々と食べる。

しかし、他の料理の匂いも気になって、社食にいるのも苦痛になってきた。

ここで食べなければ彼女に説教される。

なんとかうどんを完食してオフィスに戻ったが、身体が怠く感じた。

それで余計に妊娠の可能性を考える自分を叱咤《しった》した。

しっかりしなきゃ。あと数日なんだから頑張らないと。

気合を入れて仕事に集中する。

今日は怜は大阪出張でいないから、残業しても大丈夫だろう。

そう考えて定時を過ぎても仕事をしていたのだが、しばらくして渡辺くんに声をかけられた。

「山本さん、お客さんだよ」

「お客さん？」

首を傾げて彼に聞き返したら、「沖田取締役」という答えが返ってきた。

沖田取締役？

社長のこと？　でも、社長なら社長って言うよね？

いったい誰？

ドアの方に目を向けたら、修二さんがいた。

スーツ姿でいつもと雰囲気が違う。

「誰ですか？　あのカッコいい男性」

私に顔を寄せて尋ねる亜希ちゃんに笑顔で答えた。

「沖田くんの叔父さんだよ」

「あー、言われてみれば、沖田さんに似てますね」

彼女の言葉に「うん。どっちも美形よね」と相槌を打って席を立つと、修二さんが私の席までやってきた。

「やあ、久しぶり。怜から捻挫したって聞いたけど？」

「もう大丈夫です。あの、修二さんはどうしてここに？」

「俺も役員で社長に呼び出されたんだ」

怜の叔父さんだもんね。役員をしていても不思議ではない。

「スーツ姿素敵ですね」

修二さんを褒めたら、とびきりの笑顔で返された。

「どうも。やっぱ美人に言われると嬉しいな。これからデートしようか？」

突然の誘いに思わず変な声が出た。

「へ？　あの……それは……」

前回からかわれたこともあって、少し警戒してしまう。

それに、修二さんとデートなんて怜に知られたら、絶対怒るに決まってる。

気を悪くさせずに断るにはどうしたらいい？

悩んでいる私を見て、修二さんがふっと笑った。

「冗談だ。怜に『雪乃が心配だから』って頼まれてな。送ってくよ」

この表情、ひょっとして私の思考だだ漏れだった？

「いえ、そんな悪いからいいですよ」

首を左右に振って断ったが、修二さんは受け入れず私に命じる。

「遠慮しない。ほら、デスクの上片付ける」

こういう強引さ、怜と一緒だ。

ここで揉めると目立つし、仕事をしているみんなの邪魔になる。

修二さんと帰るべきかな。でも、また亜希ちゃんより早く帰るのはなんだか申し訳ない。

「大丈夫ですよ、雪乃先輩。私ももう帰りますから」

亜希ちゃんが私の肩をポンと叩く。

そんなこと言って残業するのが彼女だ。

「でも……」と躊躇《ちゅうちょ》する私に向かって渡辺くんが微笑んだ。

「山本さん、沢口さんは俺が責任持って帰らせるから心配しなくていいよ」

渡辺くんがいるなら大丈夫だろう。

「ありがとう、渡辺くん。じゃあ、ふたりとも、また明日」

デスクの上を片付けてパソコンの電源を落とし、ふたりに声をかける。

「それじゃあ行こうか」

修二さんが私のバッグを掴んで歩き出すので慌てた。

「あの、もう足大丈夫ですから。バッグ自分で持ちます」

「遠慮しない。歩き方がまだぎこちないじゃないか」

ソフトだが有無を言わせぬその口調。

年上の男性だから、もうこれ以上言うのは失礼だ。

「すみません。ありがとうございます」

礼を言うと、修二さんは優しい目で微笑んで、私を地下の駐車場に連れていく。

真っ赤なスポーツカーが置いてあって目を引いたが、それが彼の車だった。

誰でも知っているイタリアの高級車でふたり乗り。

修二さんが「どうぞ」と助手席のドアを開けてくれて恐縮しながら車に乗り込んだ。

「お邪魔します」

見慣れぬバケットシートのシートベルトを締めながら周囲を見回していると、彼が運転席に座った。

「戦闘機のコックピットみたいですね。カッコいい」

「姫に気に入ってもらえて嬉しいよ」

私の感想を聞いて修二さんは頬を緩めながら車を発進させた。

戦闘機のように飛び出すと思って緊張していたのだけれど、滑らかな走りで驚く。

おそらく、彼の運転がうまいからだろう。車好きな家系なんだろうな。

「今は体調は？」

運転しながら尋ねる修二さんに、笑顔を作って答えた。

「だいぶよくなりましたよ」

決してよくはないのだけれど、心配はかけたくない。

「そうか。だが、疲れた顔してないか？」

彼の指摘にもっともらしい説明をする。

「毎年三月になるとこうなんです。期末の処理と期初の準備が重なって」

「ああ。会社勤めも大変だな」

私の話に彼は納得した様子で相槌を打った。

「修二さんは会社の方には頻繁に顔を出しているんですか？　あまり会社で見かけないですけど」

まさか会社で修二さんに会うとは思っていなかったから驚いた。

「いいや。俺はまあ非常勤で、社長に呼び出されて相談や報告を受けてる」

「そうなんですね」

「俺は自由人だからな。その点、怜は周囲を引っ張っていく力があるし、経営者向きだ」

怜の話が出てきて、彼の顔がパッと頭に浮かんだ。

午後六時過ぎだし、大阪での仕事も無事に終わっただろう。今頃新幹線に乗っているかもしれない。

「彼は人の上に立つために生まれてきたような人ですから」

「だがな、あいつも人間だ。心の拠り所が必要なんだよ。怜をよろしく頼むよ」

真剣な口調で言う修二さんの言葉に困惑した。

「私には無理なんです。一緒にいられたらいいんですけどね」

それは誰にも言うつもりがなかった本心。

彼はなにか察したのか、信号待ちの時にチラッと私に目を向けた。

「今にもどこかに行っちゃいそうなセリフだな」

修二さんのその言葉を聞いて否定できなかった。

窓から見える月をただジッと見つめる。

ビルの谷間から見える月が、静かに光っていた。

「……月が綺麗」

私の言葉に修二さんが静かに相槌を打つ。

「ああ。本当だな。なんだろう。かぐや姫を車に乗せてる気分になってきた」

「ロマンチックですね」

最近、かぐや姫の気持ちがよくわかる。

ずっとここにいたいって思う。

でも、自分ではどうにもできないのだ。

寮に着くと、修二さんが管理人さんに「社長の弟です」と言って名刺を見せ、私を部屋まで送ってくれた。

さっき管理人さんにも確認したが松本の姿はない。

「送ってくださってありがとうございました」

修二さんに頭を下げたら、「鍵ちゃんと閉めるように。じゃあ」と声をかけられた。

去っていく彼を見送り、ドアを閉めた。

修二さんに送迎を頼むなんて、怜はすごく私のことが心配だったのだろう。

怜のその優しさが今の私にはただただ辛い。

部屋に上がって溜まってた郵便物を確認していくが、渡辺くんの言葉をふと思い出してハッとなる。

『悪阻がひどい時そんな顔して即席麺のうどんのやつ毎日食べてた』

やっぱり私が感じている違和感は、悪阻が原因なのだろうか？

前回の生理から一カ月以上経っているけど、まだ来ていない。

しかし、生理不順はよくある。考えすぎ。

だが、完全否定もできない。

居ても立っても居られなくなって寮の近くにあるドラッグストアに行き、妊娠検査薬を買った。それだけで心臓がバクバクしてきた。

寮に帰ると、検査薬の説明書をよく読んで早速トイレで確認する。

一分後、ピンクの線がはっきり表示された。

検査スティックの表示を見て、血の気がサーッと引く。

結果は陽性。

「私……妊娠してるの？」

怜の赤ちゃんがお腹にいるかもしれない。

心臓が止まりそうなほどショックを受けた。

衝撃が強すぎてなにも考えられない。

念のため、時間を置いてもう一度試したが、結果は同じ。

来月福井に戻って松本と結婚するのに、妊娠だなんて……。

頭の中がごちゃごちゃ。

どうすればいい？

まだ妊娠していると決まったわけではないけれど、可能性が高い。

結婚を断る？

いや、無理だ。父の会社は融資を受けているのだ。反故《ほご》にはできない。

かといって怜の子を堕ろしたくはない。

でも、松本が他の子を宿した私を受け入れることはないだろう。

このことを知ったら〝堕ろせ〟と命令されるに決まっている。

じっくり悩む時間もなければ、相談できる相手もいない。

引っ越しの準備だってあるのに、身体が動かない。

しばらくベッドの上に座って放心していたら、バッグの中のスマホがブルブルと震える音がした。

スマホを出して画面を確認すると、怜からのメッセージ。

【今、仕事終わって新幹線乗るとこ。修二さん、ちゃんと送ってくれたか？】

彼に電話して妊娠のことを言えたらどんなにいいだろう。

でも、それはできない。責任は私にある。

避妊しなくていいと言ったのは私だ。彼に迷惑はかけられない。

【お疲れさま。修二さん、ちゃんと送ってくれたよ。ありがと。明日はフレックスに

したら？　家に帰るの深夜じゃない？】

結局、彼に妊娠のことは伝えずにメッセージを送ったら、すぐに返事がきた。

【朝一で打ち合わせあるから無理。まあ、栄養ドリンク飲んで耐えるよ。それじゃあおやすみ】

【おやすみ】と絵文字を打って既読がつくと、ベッドに横になった。

明日怜と顔を合わせるかと思うと憂鬱になる。

もし妊娠していたら、私はとんでもない秘密を抱えることになるのだ。

「明日、出勤前に病院に行ってこよう」

ここでうじうじ悩んでも仕方がないし、この問題を先送りにもできない。

妊娠していない可能性だってある。赤ちゃんができていたらどうするか考えよう。

もう引っ越しまで時間がない。

「悩むな。動け」

バチンと自分の頬を叩くと、ベッドから立ち上がって荷造りをする。

一時間、二時間と経って日付が変わるが、寝るのが怖くてずっと作業をしていたら、いつの間にか窓から日が差し込んできた。

「もう……朝か」

一時間ほど寝て身支度を整えるとすぐに近くの病院に行って検査してもらった。

待合室で結果が出るのを待つ。周囲にはお腹が大きい妊婦さんが数人いた。そのバッグにはマタニティマークがついていて、それを見てなんだか目頭が熱くなる。

みんな幸せそう。でも、私は……。

数分の待ち時間が辛く、それでいてとても怖かった。

看護師に「山本さん」と名前を呼ばれて診察室に入ると、診察してくれた医師は私ににこやかに告げた。

「おめでとうございます。御懐妊ですよ」

第九章　最後の出勤日

「雪乃先輩、今日はランチどうします？」

お昼の十二時になり、亜希ちゃんがデスクの上の書類を片付けながら尋ねた。

今日は三月三十一日。私がこの会社で働く最後の日。

もう寮の部屋は引き払っていて、今朝は会社の近くのビジネスホテルから出勤してきた。

荷物は福井に送らず、トランクルームを借りてそこに移した。

寮だったから家具は備えつけで、私の荷物といったら服と靴と本ぐらい。段ボールにするとたった五箱だった。

「今日はちょっと無理かな。サンドイッチでも摘むよ」

キーボードを打っていた手を止めて答えたら、彼女に釘を刺された。

「ちゃんと食べてくださいね。お昼抜いちゃダメですよ」

妊娠がわかってから、彼女とお昼を一緒に食べていない。

悪阻は吐くまではいかないけど、食べ物を見ると食欲をなくす。というか、気分が悪くなる。

ただ、オレンジのゼリーはスーッと胃の中に入っていくから、お昼はいつもコンビニで買ったゼリーを食べていた。

でも、これだけだと彼女に怪しまれるし、怒られるから、お昼を一緒に食べないことにしたのだ。

怜や渡辺くんにバレたらマズい。

渡辺くんは前にお姉さんが悪阻の話をしていたから、ピンとくるかもしれない。

彼ってボーッとしてるように見えて結構鋭いから。

「信用ないな。ちゃんと食べるよ」

にっこり微笑むとまた仕事を続けた。

食欲もないけど、今日すべて終わらせなければ。

幸い引き継ぎは終わっているので、四月以降の心配はしていない。亜希ちゃんならうまくやってくれるだろう。

産婦人科の病院で先生に『御懐妊ですよ』と告げられた時、雷に打たれるくらいのショックを受けた。

だけど、今は妊娠が判明する前よりも心がスッキリしていて、前向きな気持ちになっている。

私のお腹の子は神さまがくれた宝物だ。赤ちゃんが欲しくても授からない人だっている。

妊娠って奇跡だと思う。

赤ちゃんが私を選んでくれたのなら、全力で守るべきだ。

そのためには強くならなきゃいけない。

福井に戻ったら、松本に結婚できないと話して、少しずつでもお金を返していこう。

今、私の貯金は五百万ある。五年間無駄遣いせずに貯めたお金だ。

まずはこれを渡して話を進めよう。

周りに亜希ちゃんや渡辺くん、それに怜がいないのを確認すると、バッグからゼリーを取り出す。その時、スマホのバイブ音がした。

実家からと思って無視しようとしたのだが、画面が見えて【恵子《けいこ》さん】と表示されていた。

恵子さんというのは、私の叔母。

慌ててスマホを手にし、メッセージを確認する。

【雪乃ちゃん、今お昼よね？　会えない？　会社の近くに来ているの。今日か明日に

は福井に帰るんでしょう？】

恵子さんは亡くなった母の妹。三鷹《みたか》で美容院を経営していて、私が学生時代にお世話になった人だ。

年が四十歳ということもあって叔母というよりは姉のような存在。

私は高三の冬から、沖田不動産に就職するまでずっと叔母の家に住んでいた。

東京には松本がいない。それに、東京では誰も私を知らない。

人生をリセットしよう。そう決心して大学は女子大に通い、卒業後は沖田不動産に就職。いい友達や同僚に恵まれて幸せだった。

恵子さんは私に第二の人生を与えてくれたのだ。

【あまり時間ないからカフェでいい？　会社の隣にあるカフェで待ってて】

メッセージを返して席を立つと、すぐに恵子さんから返事がきた。

【わかったわ】

スマホをバッグに入れ、オフィスを出てカフェに向かう。

カフェの窓から恵子さんの姿が見えて手を振ったら、彼女が気付いて手を上げた。

赤髪のショートヘアが目を引く美人で、耳にはダイヤのピアスをしている。

カフェに入ると、恵子さんが私を見て微笑んだ。

「久しぶりね、雪乃ちゃん。痩せたんじゃない？」

「最近仕事が忙しくて」

恵子さんに会うのは、去年の年末一緒に食事をして以来だ。その時は結婚の話もなく、私は元気だった。

「ちゃんと食べなきゃダメよ」

恵子さんに注意され、笑って頷く。

「うん。わかってる」

店員がやってきてグレープフルーツジュースを頼んだ。

妊娠したせいか、これを飲むと胃が落ち着くのだ。

「海《かい》くんから昨日の夜電話もらったの。雪乃ちゃんが結婚させられるって」

恵子さんはコーヒーを口に運ぶと、話を切り出した。

海くんというのは私の兄のこと。

「兄がそんなことを？」

恵子さんの話に驚いて聞き返したら、彼女は私の目を見て真剣な面持ちで頷いた。

「ええ。お金を貸してくれないかって言われたわ。三千万円。でも、うちもそこまで余裕がないから」

いくら恵子さんが三鷹でも有名な美容院を経営しているとはいっても、三千万もの大金をポンと用意するのは無理だろう。

「お騒がせしちゃってごめんなさい」

恵子さんにはいっぱいお世話になったから、余計な心配をさせたくなかった。

兄なりにこの問題をどうにかしようとしているのだろうか。

「大丈夫なの？　相手は例の子でしょう？」

不安そうな顔をする彼女の質問にコクッと頷いた。

「そう。なんとかして断ろうと思う。今、詳しい話はできないけど、また恵子さんのところで暮らしていい？　ついでに美容院の仕事も手伝わせてくれると嬉しいな」

今は妊娠のことを話している時間はない。

松本と話がついたら、恵子さんに赤ちゃんのことを伝えよう。

「それはいいけど、本当に大丈夫なの？」

「うん。決めたから。福井に帰って決着つけてくる。いつまでも逃げてちゃいけないわ」

そっとお腹に手を当てる。

私がこの子を守るんだ。一生――。

「無理はしないでね。海くんも心配してた。山本の家に縛られちゃだめよ。いつでもうちに戻ってらっしゃい。雪乃の家なんだから」

帰れる場所があることが嬉しい。

「恵子さん、ありがとう」

それから二十分ほど彼女と話をしてカフェを出ると、偶然怜に会った。

「雪乃？　一緒にいるのはお姉さんじゃないよな？」

少しビックリした顔で確認する彼に、恵子さんを軽く紹介した。

「叔母の恵子さん。今から客先に行くの？」

仕事がある怜を一刻も早くこの場から離れさせようとしたが、彼は恵子さんに目を向けた。

「そう。初めまして。沖田怜と言います」

スーツの胸ポケットから名刺入れを取り出して恵子さんに名刺を差し出す怜。

「まあ、雪乃と同じ会社で働いてらっしゃるんですね。雪乃がお世話になっています。叔母の近藤《こんどう》恵子です。美容院をやっています」

怜の名刺を受け取ると、叔母も自分の名刺を渡した。

「美容院を経営されているなんてすごいですね」

「いえ、人を変身させるのが夢だったんですよ。昔は雪乃の髪も私がカットしていて」

マズい。これは話が長くなるパターンだ。

彼にあまり私の家族のことを知られたくない。

怜が恵子さんとじっくり話を始める前に、慌てて彼の気を引いた。

「沖田くん、時間大丈夫？　恵子さん、私、もう戻らないと。駅までの道わかるよね？」

恵子さんにも彼との関係を知られたくなくて、あえて名字で呼んだ。

仕事もあって彼女を送っていく余裕がなく、少し心配で恵子さんに目を向けたら、怜が私の肩を叩いてニコッと笑った。

「それなら俺も駅に行くから。近藤さん、送っていきますよ」

「え？　それは申し訳ない……」

恵子さんは断ろうとしたが、彼がとびきりの笑顔で話を進めた。

「駅まで一緒ですから。それじゃあ、雪乃、歓送会の会場で」

私に向かって手を振ると、怜は恵子さんと一緒にこの場を去っていく。

最初は呆気に取られながらその姿を見送っていたが、次第に切なさが込み上げてきた。

怜の姿を見るのもこれが最後だ。

今日部の歓送会があるが、私は参加せずに福井に帰る。

さよなら、怜。

今までありがとう。誰よりも好きです。

一生あなたを思い続けて生きていくことを許して――。

心の中でそっと呟き、オフィスに戻ると、溜まっていたデスクワークをした。

なんとか定時にまでに仕事を終わらせ、部長室のドアをノックする。

常務に昇進する部長は日中社内の挨拶回りに行っていてずっと席を外していたから、まだ片付いていないはず。

「はい、どうぞ」

返事がして中に入ったら、段ボールが床にいくつか置いてあって、デスクの上には本が何冊も積まれていた。

今にも雪崩が起きそう。

「すごいことになってますね」

「山本さんは仕事の方は終わったのかい？」

私を気遣う部長に笑顔で答えた。

「あとは後任のお知らせメールをみんなに送るだけです」

私が使用しているパソコンの処理は、亜希ちゃんに頼んである。

明日、部の人は私が辞めたことを知って驚くだろうな。

怜も――。

「そうか。山本さんにはたくさんお世話になったなあ」

感慨深げに呟く部長に、心から礼を言う。

「それは私の方です。いろいろと私の我儘《わがまま》を聞いてくださってありがとうございました。これ、常務昇進のお祝いです」

部長に有名ブランドのロゴが入った紙袋を手渡す。

「僕に？　嬉しいなあ。なんだろう？」

部長は驚きながら紙袋を受け取って中を確認した。

部長にプレゼントしたのは革の名刺入れ。

「素敵な名刺入れだ。ありがとう。早速使わせてもらうよ」

私がプレゼントした名刺入れに部長が新しい名刺を入れると、そこから一枚名刺を抜いて私に差し出した。

「明日から常務になる竹下です」

ニコニコ顔の部長を見て、名刺入れにしてよかったと思う。

「喜んでもらえて嬉しいです」

名刺を受け取って微笑む私に、部長は椅子の上に置いてあった紙袋を差し出した。

それは私が渡したプレゼントと同じブランドの紙袋。

「僕からもあるんだ。これ」

「え？」

紙袋をもらうと中に小箱が入っていて、箱を取り出してみたら、ピンクの革財布が入っていた。

「素敵な色。こんな高価なものいいんですか？」

レザーのいい匂いがする。

多分プレゼントした名刺入れの何倍もの値段がするだろう。

「僕も高価なものもらったからね。ふふふ、同じブランドだったね」

恐縮する私を見て、部長は楽しげに頬を緩めた。

「そうですね。ありがとうございます。大事に使わせてもらいます」

部長と目を合わせ、笑い合う。

「本当はさあ、大きな花束をあげたかったんだけど、それだとみんなにバレちゃうからね」

部長は最後まで優しく私を見守ってくれた。

「そんな……その気持ちだけでも嬉しいです。本当にありがとうございます」

「さよならは言わないよ。またどこかで会えるかもしれないからね」

またどこかで……。

部長の言葉が胸に響く。

「偉くなっても変わらないでくださいね。父親みたいにかわいがってくださって本当に感謝しています」

目頭が熱くなって涙がこぼれそうになるのをグッとこらえた。

今日は泣かないって決めたんだもの。泣くな。

笑顔でここを去るんだ。

「さあ、もう行ってください。きっとみんな部長を待っていますよ。明日から常務ですね。昇進おめでとうございます」

部長の昇進が嬉しい。彼のような人格者が経営に加われば、沖田不動産は安泰だろう。将来社長になる怜を支えてあげてください。

「ありがとう。きっとこれから君は幸せになるよ。僕が保証する」

恵比寿さまのようににっこり微笑む部長。

言葉に重みがあって、神の啓示のように聞こえる。

「部長が保証してくださるなら心強いです。部長ってやっぱりすごいですね。元気をもらいました」

自分の人生を悲観するのはもうやめよう。

私はひとりじゃない。私のことを応援して見守ってくれる人たちがいる。

部長を見送ると、部長室を片付け、デスクを念入りに拭いた。

明日から怜がここで仕事をする。

入社した時は私と同じ平社員だったのに、あっという間に部長。

自分の力で彼はここまで来た。

御曹司だからではなく、実力で掴んだものだと社員のみんなが怜の有能さを知っている。

「彼が社長になっていくのをこの目で見ていたかったたな」

すでに怜は自分のデスクの片付けが終わっていて、ここにすぐに移動できる。

ホント、要領よくなんでもできちゃう人。

私も自分の荷物を纏めないと。

部長室を出ようとしたら、亜希ちゃんが入ってきた。

「雪乃先輩、私もそろそろ歓送会に行きます。もうオフィスには誰もいません」

「うん。ありがとう」

ちょっと寂しさを感じながら微笑む。

彼女と仕事をするのも今日でお終いだ。

「先輩、今までありがとうございました」

私の目を見て礼儀正しくお辞儀をする彼女。

「私こそありがとう。亜希ちゃんに出会えてよかったよ」

毎日彼女とワイワイやって楽しかったな。

彼女の存在にどれだけ救われただろう。

「私も……です」

感極まったのか、涙を流す彼女をそっと抱きしめて慰めた。

「今生の別れじゃないんだから泣かないの。また会えるよ」

新しい電話番号は亜希ちゃんに伝えてあるので、いつだって連絡は取れる。

だが、教えるのは彼女だけ。怜には教えない。

今まで使っていた電話番号は明日から使えなくなる。

もう彼と会うつもりはない。

だから、彼との連絡手段はなくす。

「はい。福井に着いたらＬＩＮＥくださいね。連絡なかったら福井に押しかけますから。実は永平寺《えいへいじ》行ってみたくて」

顔を上げて涙を拭う彼女をちょっとからかった。

「私に会うのはついでみたいだね」

「そんなことないですよ。雪乃先輩は私の憧れですから」

憧れ……か。私はいい先輩だっただろうか？

もし、そう思ったのなら、彼女が後輩だったからだ。

「それは私のセリフ。亜希ちゃんみたいになりたいって思ってた」

「ふふっ。やっぱり私たち相思相愛ですね。もう行きます。みんなにはうまくごましておきますから」

今、怜にオフィスに戻ってこられたら困る。亜希ちゃんには感謝しかない。

怜とのことをもっと突っ込んで言ってくるかと思ったけれど、ここ最近は仕事以外で彼に触れることはなくなった。

彼のことを思うと罪悪感を覚える。

妊娠したことを伝えずに、赤ちゃんを産むことを許してほしい。

いや、許してくれるわけがないか。

私に赤ちゃんができたって知ったら、彼まで福井に来てしまいそうだ。

「ありがとう。またね」

彼女の背中を撫でると、ゆっくりと抱擁を解いた。

「はい。また」

亜希ちゃんもさよならの言葉は口にせず、部長室を出ていく。

私も部長室を出ると、自分のデスクを片付けた。

カーディガン、膝掛け、気に入って使っていた文具を紙袋に入れていく。

デスクが片付くと、後任の連絡と最後の挨拶メールを送信してパソコンの電源を落とした。

「これですべての仕事が終わった」

バッグと紙袋を持ってオフィスを出るが、ドアのところで一旦立ち止まって深々と頭を下げる。

「今までお世話になりました」

みんなの活躍を祈っています。ありがとう。

顔を上げると、笑顔でオフィスを後にした。

今ごろ歓送会は盛り上がっているだろう。私がいなくたって問題はない。

会社を出ると、ビルを数秒見上げ、東京駅に歩いて向かう。

ずっと我慢していたけれど、じわじわと涙が込み上げてきた。

今夜もビルの谷間から月が見えたが、涙でぼやける。

「終わっちゃ……た」

大学を卒業してから沖田不動産に就職して、新人研修では怜と同じ班でいろんな課題に取り組んで……。配属先も彼と同じで、ずっと頑張って仕事をしてきた。

今までのことが走馬燈のように頭に流れ込んでくる。

大事な思い出だ。

東京駅に着くと、カフェに入って高速バスの出発時刻まで時間を潰すことにした。

リンゴジュースを注文したが、飲まずにジッとグラスを眺めながら、怜と初めて身体を重ねたあのバレンタインの夜のことを考えていた。

あの時の緊張、あの時の彼の温もり、全部克明に覚えている。

なにか魔法がかかった夜だった。

きっと毎年バレンタインが来るたびに思い出すんだろうな。

でも、怜との繋《つな》がりは断たないといけない。

今まで使用していたスマホを手に取り、ICチップを抜いた。

「これでもう怜から連絡はこない」

自分にとっても彼にとってもその方がいい。

連絡手段を残しておいたら、彼に頼ってしまうかもしれないから。

今の私は怜にとって迷惑な存在でしかない。彼の同意を得ずに妊娠してしまったのだ。すべての責任は私にあるし、私ひとりで背負っていく。

父が知ったら勘当されるかもしれないが、私はそれで構わない。上京してからずっと父の存在を忘れて暮らしてきた。

明日福井に帰ることを父に伝えてはいるけど、きっと停留所まで迎えには来ないだろう。父はそういう人だ。

タクシー呼べるかな？

早朝に着くから微妙だ。最悪の場合、実家まで歩いて帰らないと。

帰って松本と結婚できないと伝えたら、きっと父は激昂するに違いない。

でも、たとえ父に殴られても、私の気持ちは変わらない。

スマホをジッと見つめて物思いに耽《ふけ》っていたら、目の前の席に誰かが座った。

「やあ、どっか出かけるの？」

顔を上げたら、修二さんが穏やかな笑みを浮かべて私を見ていたのでビックリした。

マズい人に見つかってしまった。なんて答えよう。

「顔に『どうしよう』って書いてあるぞ。怜には内緒か？」

口調は優しいが咎《とが》められているような気がするのは、怜に対して罪悪感があるせいだろうか。

「私……解決しなきゃいけない問題があるんです。うちの家の問題で……私の問題で……」

詳細は語らずにそう言い訳したら、彼は真剣な目で私に尋ねた。

「そうか。だったら、怜の問題でもあるな。そうじゃないか？」

彼の言葉にドキッとして、大きく目を見張った。

ひょっとして修二さん……私の妊娠に気付いている？

「あいつは雪乃ちゃんの問題は自分の問題だと思ってる。怜を信じてやってくれ」

「修二さん……」

「大丈夫。あいつは全部受け止めるさ。雪乃ちゃんにぞっこんだからな」

彼が私を愛してくれるからこそ迷惑をかけたくないのだ。

「彼は沖田不動産の御曹司です。将来社長になる人です。私のせいで彼の人生を狂わせたくない」

意地を張る私に、修二さんは辛抱強くアドバイスする。

「くだらないな。女ひとり守れない男が社長になんかなれるか。なにも考えず怜の胸に飛び込めばいい」

「なにも考えずに飛び込む？」

戸惑いながら彼の言葉をオウム返しする私。

「悩むな、考えるな。甘えてくれた方が男は単純だから喜ぶ。俺も雪乃ちゃんの味方だ」

彼は温かい目で微笑むと、席を立って私の前から姿を消した。

てっきり怜に私のことを知らせるかと思った。

判断は私に任せるということだろうか。

それとも、私を信頼して怜に連絡しなかったのか。

私……間違っていたのかも。

怜はいつも言っていた。

雪乃はもっと人を頼った方がいいって――。

それに、赤ちゃんのことだって彼には知る権利がある。

赤ちゃんから父親を勝手に奪っていいの？

そうだよね。私は間違ってた。

松本に結婚の話を断ったら、怜にすべて打ち明けよう。

出発の時間が近付いてくると、カフェを出てバスターミナルに移動した。

たくさん人がいて待合室の椅子は全部埋まっていたけれど、私がボーッと突っ立っているのを見て、体育会系の学生さんが席を譲ってくれた。

「顔色悪いですよ。どうぞ座ってください」

「ありがとうございます」

礼を言って座らせてもらう。

今までの疲労や悪阻で体重が減ったこともあって正直立っているのは辛かった。

人の優しさが心に染みる。

福井行きのバスが来て、チケットを見せて自分の席に座った。リクライニングシートで、座り心地は悪くない。乗客が多くて驚いたが、深夜バスとあって車内は静かだ。

午後十一時三十分にバスは出発し、しばらくして車内の照明も暗くなった。

着くのは次の日の早朝。

カーテンが閉められ、暗くなった車内で目を閉じようとするが、緊張であまり眠れなかった。

いつの間にかカーテンの隙間から微かに光が差し込んでいて、腕時計を見たら午前六時前だった。少しカーテンを開けると、見覚えのある風景が目に映った。小さな山々が連なり、田園が広がっている。

外は土砂降りの雨。

これは傘があってもずぶ濡れになるかも。

そう覚悟していたのだけれど、バスが停留所に着いて荷物を持って降りると、そこに兄が傘を差して立っていた。

「お帰り、雪乃」

第十章　彼女の親族

「渡辺、俺は戻らずそのまま歓送会に行くからよろしく」

ビジネスバッグを持って渡辺に目を向けると、彼は俺の目を見て頷いた。

「そっか。沖田課長、品川で打ち合わせだったたね。了解。歓送会遅れそうだったら連絡して。先に進めとく」

「ああ」

そう返事をしてオフィスを出る。駅に向かおうとしたら、うちのビルの隣にあるカフェの前で雪乃を見かけた。

赤髪の女性と一緒にいて、親しげに話している。うちの女性社員ではない。

顔の作りが似ていて姉妹にも見えるが、雪乃から姉がいるというような話を聞いたことがない。

「雪乃？　一緒にいるのはお姉さんじゃないよな？」

近付いて確認したら、彼女は俺の顔を見て驚きながらも一緒にいた女性を紹介した。

「叔母の恵子さん。今から客先に行くの？」

ああ、彼女が叔母さんか。美人なのは血筋だな。

渡辺に雪乃のことを調べさせていたから彼女の叔母の存在は知っていた。

「そう。初めまして。沖田怜と言います」

雪乃の質問に答えつつも、そのままこの場を去らずに名刺を渡して彼女の叔母さんに挨拶した。

「まあ、雪乃と同じ会社で働いてらっしゃるんですね。雪乃がお世話になっています。

叔母の近藤恵子です。美容院をやっています」

雪乃の叔母さんも名刺を出して俺に手渡す。

【ヘアサロン『モカ』代表　近藤恵子】

美容院のオーナーか。だから、髪も赤でお洒落なんだな。

「美容院を経営されているなんてすごいですね」

「いえ、人を変身させるのが夢だったんですよ。昔は雪乃の髪も私がカットしていて」

叔母さんの話を聞いてその光景が頭に浮かんだ。

雪乃の髪をカットか。叔母さんにやってもらうなんて素敵な話だな。

ここで雪乃の叔母さんに会ったのはラッキーだ。雪乃の話を聞きたい。

だが、彼女は俺が叔母さんと話すのをよく思っていないようだった。

「沖田くん、時間大丈夫？　恵子さん、私、もう戻らないと。駅までわかるよね？」

『沖田くん』……か。

俺との関係を叔母さんに知られたくないのだろう。

普通の同僚のふりをしても無駄だ。なぜならこれから俺が叔母さんと話をするから。

「それなら俺も駅に行くから。近藤さん、送っていきますよ」

雪乃の肩を叩いて微笑むと、すぐに叔母さんに目を向けた。

「え？　それは申し訳ない……」

雪乃の叔母さんが驚いた顔をするが、俺は強引に話を進めた。

「駅まで一緒ですから。それじゃあ、雪乃、歓送会の会場で」

相手に断る隙を与えてはいけない。

雪乃に軽く手を振り、彼女の叔母さんと駅の方に向かう。

「実は雪乃さんとお付き合いさせていただいています。もしお時間ありましたら、お茶でもどうですか？」

日頃鍛えている営業スマイルで誘うと、叔母さんはためらいながらも俺の都合を確認してきた。

「雪乃と……。お仕事の方は大丈夫ですか？」

「ええ。約束の時間までまだ余裕がありますから」

なんとしてもこの人と話をしたい。渡辺からの情報だけでは足りない。

彼女が俺になにを隠しているか探らなければ。

「それでしたらぜひ。あの子、自分のことはほとんどなにも話さないんです」

叔母さんの返事を聞いて、にっこりと微笑んだ。

「では、そこのカフェに入りましょう」

近くのカフェに入って人気が少ない席に着く。

お互いコーヒーを頼み、まずは相手をリラックスさせようと、普段の雪乃の仕事ぶりを話して聞かせた。

「雪乃さんはとても有能でうちの部長にも頼りにされてます。それに、うちの会社のマドンナ的な存在で、後輩にも慕われているんですよ」

「そうなんですね。元気にやっているようで安心しました。それで……沖田さんとお付き合いされているというお話でしたけど」

遠慮がちに聞いてくる叔母さんに、真剣に言葉を返した。

「ええ。付き合い始めたのは最近ですが、彼女とは同期で気心が知れていて、結婚したいと思っています」

ここからが重要だ。是が非でも俺のことを信用してもらわないと。

「結婚……。沖田さんは雪乃の事情はご存じですか？」

雪乃の事情？　それに『結婚』という言葉に明らかに驚いている。ビックリしているというより、なにか戸惑いを感じているような。

「事情ですか？」

もう少し説明を求めたら、叔母さんは一瞬マズいという表情をして、笑ってごまかそうとする。

「ご、ご存じないならいいです。忘れてください」

「いいえ、忘れることなんてできません。その事情とやらを僕に教えてくれませんか？」

真っ直ぐに叔母さんの目を見て頼んだが、話してくれない。

「それは……本当になんでもないんです」

「どうかお願いします。雪乃が心配なんです」

なにがなんでも話を聞きたくて今度は頭を下げる。

絶対に諦めるわけにはいかない。

「沖田さ……ん」

迷っている叔母さんに、俺の気持ちを誠心誠意伝えた。

「最近彼女はずっとなにかに悩んでいる。僕が理由を尋ねても彼女は決して教えてくれない。ひとりで苦しんでいる彼女を見ているのが辛いんです。お願いですから教えてください。彼女の力になりたいんです！」

テーブルに頭がつきそうなくらいまた頭を下げたら、叔母さんがなにか覚悟を決めたような声で俺に言った。

「沖田さん、頭を上げてください。雪乃のこと大切に思ってくださっているんですね。お話しします」

「ありがとうございます」

俺の気持ちが伝わって少しホッとする。

「どこから話せばいいのか。……雪乃が高校三年の時、ある事件がきっかけで不登校になりました」

「ある事件とは？」

「同級生の男子に強姦されそうになったんです。未遂に終わりましたが、相手の男子生徒は地元の名士の息子で、姉は醜聞を恐れて警察には知らせませんでした。雪乃は学校に行くのが怖くなって……私のところで預かることになったんです」

それで叔母さんの家で暮らすようになったのか。

話を聞いて怒りが込み上げてきた。

俺と身体を重ねた時に彼女の身体が強張ったのは、おそらくそいつに襲われそうになったからだろう。

男と触れ合うのは怖かったはず。それでも彼女は俺に抱かれることを望んだ。

「その男子生徒の名前は松本悠馬ではありませんか？」

雪乃の寮に彼女の同級生が現れたこともあり、彼女のクラスメイトについて渡辺に調べさせたら、松本の名前が浮上した。なぜ浮上したかというと、雪乃の父親が松本から融資を受けていることがわかったのだ。

松本悠馬の父親は建設会社の社長で、悠馬は副社長をしている。高校時代の彼は優等生で先生の信頼も厚かったようだが、裏では女遊びが派手で女の子を堕胎させたという噂もあってどこかきな臭い。

彼の建設会社もかなり悪どいことをやって業績を伸ばしているらしい。ブラック企業なのか、辞める社員も後を絶たないとか。

俺が雪乃の父親なら、絶対に松本から金を借りないだろう。

「どうしてその名を？」

「雪乃の寮に同級生が現れたことがあったようで、気になって興信所に調査を依頼したんです。彼女はかなり怯えていたんですが、なにも話してくれなくて」

「そうなんですね。松本悠馬が寮に現れたなんて……。海……雪乃の兄から聞いた話だと、義兄は松本からお金を借りているんです。雪乃と松本悠馬の結婚が融資の条件で、雪乃は会社を辞めて福井に帰ることになりました」

『会社を辞めて福井に帰る』

最近の雪乃の行動から予想はついていたから、その言葉を聞いても驚かなかった。

雪乃と沢口さんは相変わらずコソコソしているし、雪乃は俺と食事するのも断っている。

寮も先日の日曜日に引き払ったらしい。その情報は修二さんから教えてもらった。

俺より自由に動けるから、彼にも雪乃の動向を探ってもらったのだ。

「雪乃は相当辛かったでしょうね。二月頃から食も細くなって元気もなくて」

ずっとひとりで悩んで俺からも離れようとして……。

松本悠馬も許せないが、雪乃の父親も許せなかった。

娘を守るのが父親じゃないのか。

「でも……あの子、さっき私に言ったんです。なんとかして断るって。でも義兄はとても頑固ですし、相手は雪乃を苦しめたあの松本です。そう簡単に断れるとは思えなくて……」

断る……か。だったらどうして俺から離れようとするのか。

いずれにしても絶対に離さないけど。

「大丈夫です。僕が必ず彼女を守ります。大事な人ですから」

優しく微笑んで約束すると、叔母さんはちょっと安堵した表情で雪乃のことを俺に託した。

「雪乃のことを頼みます」

それから叔母さんとは駅のホームで別れて客先に向かい、打ち合わせを済ませて歓送会の会場の焼肉屋に向かった。

店に着いて中に入ると、まだ全員集まってはいなかった。

遅れてやってきた沢口さんが、「山本さんは部長室の片付けで遅れます」と言って現れる。

まず俺が会を進行し、竹下部長などの異動者が挨拶をしてみんな食べ始めるが、一時間経っても雪乃は来なかった。

ちょうど近くにやってきた沢口さんが、俺に声をかける。

「沖田さん、部長昇進おめでとうございます」

俺のグラスにビールを注ごうとする彼女に、にっこりと微笑んだ。

「ありがとう。ねえ、沢口さん、山本は今日は来ないよね？」

それは質問ではなく確認。

「え？　いや……あの……どうでしょうね？　片付けに手間取ってるのかなあ」

普段何事にも動揺しない彼女がめずらしく狼狽えている。

「明日から来ないんだよね？　雪乃、今日の夜福井に帰るの？」

あえて〝雪乃〟と名前で呼び、雪乃との親密さを伝えつつ尋問モードに入ったら、沢口さんは降参とばかりに開き直った。

「沖田さんなんでもお見通しなんですね。雪乃先輩今夜帰るって言ってました。行かせちゃっていいんですか？」

今日雪乃の叔母さんに会わなかったら、歓送会に出席せずに追っていたかもしれない。だが、それではすべて解決というわけにはいかないのだ。

松本の件をどうにかしなければ。

「俺が雪乃を諦めると思ってる？」

沢口さんに尋ねたら、彼女はクスッと笑って否定した。

「思いません。沖田さんて雪乃先輩にぞっこんなの見ててわかりますから。知ってて行かせたのなら、なにか考えがあるんですよね？」

「ああ」

「雪乃先輩を不幸にしたら許しませんよ」

俺を見据えてそんな脅し文句を口にする部下に、優しく微笑んだ。

「それは怖いね。必ず幸せにすると約束するよ」

「ぜひ本人に伝えてください」

「もちろん」

必ず雪乃を捕まえて伝える。

「そこのふたり、なに密談してるのかな？」

不意に竹下部長に声をかけられ、沢口さんがニコニコ顔で答えた。

「密談ではありませんよ。明日から部長になる沖田さんにボーナスアップのお願いをしていたんです。おふたりこそいろいろお話あるんじゃないですか？　私の話は終わりましたので、ごゆっくり」

パチッとウィンクして、沢口さんは渡辺のいる席に移動する。

頭の回転は速いし、いろいろ気遣いができるし、いい子だと思う。

「そう言えば、まだ言ってませんでした。常務昇進おめでとうございます」

手前にあったビール瓶を持って竹下部長のグラスに注ぐと、彼は苦笑いした。

「ありがとう。沖田課長には山本さんの件で恨み言をいっぱい言われると思ってたよ」

沢口さんとの話が聞こえていたのか、部長は雪乃のことに触れてきた。

「言ってもいいですが、一時間では終わりませんよ？」

ふっと微笑したら、竹下部長も俺の目を見て笑う。

「目が怖いね、沖田課長。僕もね、彼女を引き止めようとも思ったんだけどさあ、君が動くってわかってたから彼女の退職願受理したんだ」

「自分を正当化しないでくださいよ」

「ハハッ。ごめん、ごめん。お詫びに部長の僕から君に最後の命令を出すよ。明日の午後、うちの福井支社に新部長として挨拶してきてくれないかな。あそこの支社長にはお世話になってね」

思いがけないその言葉に胸がじわじわと熱くなって、すぐに返事ができなかった。

「……部長」

雪乃の元に行くのは仕事もあって週末にしようと思っていたのだが、部長命令とあればすぐに行ける。部長の気遣いに感謝だ。

「結婚式には招待してね、沖田課長」

ポンと俺の背中を叩いて穏やかに微笑む部長。

「ありがとうございます。結婚式の披露宴ではスピーチお願いします」

心から礼を言う俺を見て、部長はにんまりした。

「それは楽しみだなあ。社長もね、君が結婚して孫が抱けるのを心待ちにしているよ」

部長の発言を聞いてギョッとする。

俺のいないところでなにを話しているのか。

「いろいろ僕の話で盛り上がってるみたいですね。大人しく待っていればいいものを」

ハーッと溜め息交じりに言うが、孫に関しては父の望みがそう遠くない未来に叶うように思う。

これはあくまでも俺の勘だが、雪乃は俺の子を妊娠しているかもしれない。

最近の彼女の体調を見ていてそう感じた。

気のせいかとも思ったが、渡辺も『山本さんさあ、姉ちゃんが悪阻ひどかった頃と似てるんだよね。たまに辛そうに俯いたり、頬もコケてきちゃって。お前、身に覚えあるだろ?』と俺に確認してきて、『否定はできない』と答えた。

初めて抱いた日、雪乃に言われて避妊はしなかった。

別の女ならそんなことはしなかっただろう。

でも、雪乃なら子どもができても構わないと本能的に思った。

なぜならあの時の俺は、遊びで彼女を抱かなかったから。

最初から永遠の関係を望んでいた。

歓送会が終わると、父に「大事な話があるから今日はそっちに帰る」と連絡し、雪乃のお兄さんにも電話をかける。

《はい？　どちらさまですか？》

スリーコールで電話が繋がり、男性の声がした。

「突然お電話してすみません。雪乃さんとお付き合いさせていただいている沖田怜と申します。彼女の縁談の件で、お力を貸していただきたいのですが」

雪乃の叔母さんから話を聞いていたようで、お兄さんは俺の突然の電話に驚いてはいなかった。

第十一章　兄夫婦の優しさに触れて

「お帰り、雪乃」

　高速バスを降りると兄がいた。

　清涼感のある黒のショートヘアで眼鏡をかけている兄の海は、黒のデニムに水色のシャツ、上には紺のパーカーとシンプルながらもお洒落《しゃれ》だ。

　朝の六時半。

　普通なら上下ジャージとか部屋着で来そうなものだが、わざわざ着替えてくれたのか。

「ただいま。雨の中迎えに来てくれてありがとう」

　礼を言う私を傘に入れると、兄は私の手からバッグを奪って歩き出す。

「行こう。こっちだ」

「あっ、ありがとう」

　数十メートル先にある駐車場には白い軽自動車が停まっている。兄の車だ。

　車の中で待っていてもよかったのに、どれくらい外で私を待っていたのか。

今日から四月に入ったとはいえ、コートなしでは寒くて身体が震える。

車の助手席に座ってシートベルトを締めると、私の荷物を後部座席に置いていた兄も運転席に座った。

「痩せたな。ちゃんと食べてるのか？」

祖母の葬式の時より体重が三キロ落ちている。久々に会うのだから、痩せたのなんて一目瞭然だろう。

変に気をつかわせたくはない。

少し心配そうな顔で私を見る兄に、笑顔を作って微笑んだ。

「三月は期末だったから仕事が忙しくて。お父さんや美久《みく》さんは元気？」

美久さんというのは兄の奥さん。兄の高校時代の同級生で、私にも優しく接してくれる。

「ああ」

私の質問に小さく頷く兄。

兄も痩せたのか、葬式の時よりも頬が痩《こ》けたような気がした。

きっと私のようにいっぱい悩んだに違いない。

「そう。よかった」

相槌を打ったが、挨拶のような会話が終わると、もうなにを話していいのかわからない。

一分くらいの沈黙。

気詰まりを覚えたその時、兄が縁談の件を切り出した。

「雪乃、松本悠馬との縁談、無理しなくていいんだぞ」

兄の発言に驚きつつも、私に逃げ道を作ってくれようとしていることが嬉しかった。

「お兄ちゃん……」

「お前を守れなくてごめん。ずっと後悔してた。もっと強く親父に反対すればよかったって」

父は頑固だ。兄が反対しても強引に話を進めたのだろう。

「ううん。お兄ちゃんは悪くないよ」

私だって父に強く言えなかった。ずっと逃げていたのだ。

「うちは潰れてもいい。雪乃は雪乃の人生を生きろ」

兄の覚悟が感じられる言葉だった。

潰れてもいい……か。だが、社員だっている。

できれば潰さず、少しずつ借りたお金を返済できるような形にしていければいいのだけれど。うまく松本と交渉できるだろうか。
いや、できるかじゃない。しないといけないんだ。
「ありがと」
まだ自分がどうするか兄には伝えなかった。
悪者になるのは私だけでいい。兄のお陰で心も少し軽くなった。
私の返事を聞いて、兄は車を発進させた。
いつの間にか雨が止んで晴れ間が見えている。
「天気、晴れてきたね」
私の言葉に兄が「ああ」と相槌を打つ。
十分ほどで家が見えてきて、もうすぐ父に会うかと思うと身体が緊張してきた。
田んぼの真ん中にポツンとある白い二階建ての家が私の家。
去年改築したから、私が住んでいた頃の面影はあまりない。
兄が家の前に車を停めると、美久さんが出迎えてくれた。
彼女は背は私と同じくらいで、長い黒髪を後ろでひとつにまとめている。
エプロン姿の彼女は朝から化粧もちゃんとしていて絵に描いたような若奥さんだ。
うちに嫁に来ていろいろ気苦労もあると思うが、元気で溌剌《はつらつ》としている。

兄は本当に素敵な人と結婚したと思う。

「雪乃ちゃん、いらっしゃい。バスだったから疲れたでしょう？　眠れた？」

「おはようございます。バスではあまり寝てなくて……」

車を降りて義姉に挨拶すると、彼女は優しい目で告げた。

「朝ご飯食べたら少し寝るといいわ」

「はい。そうさせてもらいます」

ニコッと笑って後部座席の荷物を取ろうとしたら、兄が私の肩を軽く叩いた。

「いい、俺が運ぶよ」

「あっ、ありがとう」と兄に言って家に入るが、もう自分の家という感じがしなかった。

「お邪魔します」と思わず口にする私を見て、兄が苦笑いする。

「お前の家なんだから変な遠慮はするなよ」

「あ……うん」

曖昧に答える私に、美久さんが明るく言った。

「雪乃ちゃんは二階の奥の和室使ってね。海、雪乃ちゃんの荷物、部屋に運んでおいて」

「わかった」

ふたりはなかなか息が合っている。夫婦仲はよさそうだ。

それだけでも嬉しい。

「雪乃ちゃんはご飯にしましょうか？」

美久さんの問いには答えず、父のことを尋ねた。

「もう父は居間にいますか？」

家に入った時から父の存在を強く感じた。

神経がピリピリしてきて、自分でも顔が強張っているのがわかる。

「ええ。雪乃ちゃんを待ってからご飯にするみたいよ」

にこやかに答える彼女の言葉に、小さく相槌を打つ。

「そうですか」

ふーっと息を吐いて美久さんの後に続いて玄関の右手にある居間に向かうと、父がこたつに座ってパジャマ姿で新聞を読んでいた。

髪は短髪で白髪まじり、面長で目は細く、昔から眼鏡をかけている。

「お父さん、只今帰りました」

緊張した面持ちで挨拶すると、父は見ていた新聞からほんの一瞬顔を上げた。

「ああ、お帰り。美久さん、飯頼む」

ただ座ってご飯が準備されるのを新聞を読んで待つ父。昔と全然変わっていない。

祖母の葬式の時は葬儀場の宿泊施設に泊まったから、こういう父の日常を見ることはなかった。

「美久さん、私も手伝います」

彼女にそう申し出たが、にこやかに断られた。

「あら、疲れてるのにいいわよ。座ってて」

「疲れていないから大丈夫ですよ。手伝わせてください」

父とこたつにいる方が疲れる。

笑顔で主張して、美久さんとキッチンに行く。

冷蔵庫や電子レンジなどの家電製品はどれも新しかった。多分、去年兄が帰国したので買い替えたのだろう。

「じゃあ、ご飯よそってくれる？」

炊飯器を指差す美久さんに向かって頷いた。

「はい。あの、私は昨夜結構いっぱい食べたので少な目でいいです」

炊飯器の蓋を開けると、ご飯の匂いがして気分が悪くなる。

数秒息を止めて必死に耐えた。

我慢よ、我慢。今ここで妊娠がバレるわけにはいかない。

もし今父に知られたら、「子どもを堕ろせ」と言われる。

「雪乃ちゃん……？　どうかした？」

私の異変に美久さんが気付いたので、笑ってごまかした。

「なんでもないの。自分の足に躓いちゃって」

「床、滑りやすいから気をつけてね」

私を気遣う彼女の言葉に明るく返事をする。

「はい。気をつけます」

なるべくご飯をよそう時は息を止め、美久さんと一緒に居間に食事を運んだ。

彼女の手料理を食べるのは初めてだ。

焼き魚、里芋の煮物、卵焼き、ほうれん草の胡麻和え、お漬物などの料理がテーブルに並ぶ。

いつの間にか兄もやってきて、父の隣に座った。美久さんも兄の対面に腰を下ろし、父の対面の席に目を向けて私に言った。

「雪乃ちゃんはそこね」

「はい」と返事をして座るが、できれば別の場所がよかった。

父が向かい側にいるなんて、ますます食欲がなくなりそうだ。

いただきますをして食べ始めたけれど、みんな無言。

だが、しばらくして父が沈黙を破った。

「雪乃、結納は明日の午後だ。準備をしておけよ」

その発言に思わず箸が止まる。

「明日？　来週じゃなかった？」

確認したら、父は機嫌がいいのか笑みを浮かべながら答えた。

「松本さんが式を早めたいと言ってきてな。お前と結婚するのが待ちきれないらしい。よかったじゃないか」

ズキッと胸が痛くなるのを感じつつも、「そうなのね」と言ってご飯を口にする。

そんな私を兄がなにか言いたげに見ていたが、気付かないふりをした。

朝食を食べ終わると、「すみません。ちょっと休みます」と言って自分の部屋に行かずにトイレに直行する。

吐き気がひどくて食べたものを全部戻した。

胃の中が落ち着いてトイレを出たら、美久さんがいてハッとした。

「雪乃ちゃん……ひょっとして……！」

次になにを言われるかわかっていたから、咄嗟に彼女の口に手を当てて声を潜める。

「シッ！　それ以上言わないでください。今はなにも聞かないで。お願いします」

父たちに妊娠のことを知られたら大騒ぎになる。

必死にお願いしたら、彼女は私の目を見て頷いた。

「今は誰にも知られたくないんです」

そう伝えて美久さんの口から手を放すと、彼女は小声で私に確認した。

「松本さんの子じゃないわよね？」

「……はい。好きな人との間に授かった子です。他の家族には内緒にしてください」

少し迷ったけれど、お腹を愛おしげに撫でながら彼女に本当のことを話した。

明日結納だというのに他の男性の子どもをお腹に宿しているのだから軽蔑されるかもしれない。それでも、この子だけは守らなければ。

冷たい視線を向けられることを覚悟していたが、美久さんの私を見る目はとても温かかった。

「わかったわ。食事、辛いでしょう？　なるべくお義父さんたちと時間をずらすようにするわね」

本当、お兄ちゃん、いいお嫁さん見つけたね。

「美久さん、ありがとう」

「他になにか協力できることがあったら言って」

優しく微笑む彼女を見て、私も頬を緩めた。

「はい」

美久さんにバレてしまったのは、結果としてよかったかもしれない。

妊娠して一番辛いのが食事だし、女性の協力者がいるのはなにかと心強い。

その後しばらく部屋で休むと、バッグからスマホを取り出した。

今、時刻は午前十一時五分。

怜は私が辞めたことをもう知っているはず。

カンカンに怒ってるだろうな。今ごろ亜希ちゃんを問い詰めているかも。

「どうして山本がいないのか？」って。

亜希ちゃん、もし怜に尋問されていたらごめん。

でも、彼女ならうまく言ってくれるかもしれない。いずれにせよ、彼女に無事に着いたことを知らせておこう。

【亜希ちゃん、おはよう。今朝福井に着きました。そっちは大丈夫かな？】

メッセージを送ったらすぐに既読がついた。

【おはようございます。部のみんな雪乃先輩いないって大騒ぎですが、心配しないでください。でも、覚悟はしていたんですけど、先輩のいないオフィスは寂しいです。沖田さんはまあ、予想通りの反応でした】

予想通りの反応……か。やっぱり怜は亜希ちゃんに私のことを聞いたんだろうな。

【亜希ちゃん、ごめんね】

怜に責められる後輩の姿を想像して謝ったら、また即返信が来た。

【こっちは大丈夫。それよりちゃんと食べること】

その文面を見てなぜか怜の顔が浮かんだ。

亜希ちゃんというより彼に言われてるみたい。

馬鹿ね。怜のメッセージじゃないのに、どんだけ彼のことで頭がいっぱいなのよ。

でも……怜に会いたい。

彼の声が聞きたい。

一日離れているだけで、こんなにも彼を欲している。

怜の電話番号は覚えているけれど、今かけて彼の声を聞いたら、ここからすぐに逃げ出してしまいそうだ。

私は今まですべてのことから逃げてきた。だから、今度は逃げてはいけない。

結納は明日。

松本に結婚できないと断ったら、怜に電話をして私の事情を全部打ち明けよう。

スマホをジッと見つめていたら、襖《ふすま》をトントンと叩く音がして兄の声がした。

「ちょっといいか?」

「はい」と返事をして襖を開けると、スーツ姿の兄が立っていた。

「これ、雪乃に」

兄は手に持っていた着物を私に差し出す。

「この着物は?」

たとう紙に包まれた着物を見て戸惑う私。

「雪乃の成人式のために母さんが用意した着物らしい。ばあちゃんが亡くなる前に、『雪乃に渡して』って俺に言ったんだ。葬式のゴタゴタやお前の縁談で渡しそびれてた。明日はめでたい日とはいい難いけど、一度くらい袖を通してもいいかと思って」

母は私の成人式の日に亡くなった。だから、成人式には出ていない。

たとえ母が亡くならなくても式には出なかったと思う。

成人式に行けば絶対に松本に会ってしまうから。

それでも着物を用意していたということは、母親として娘に着せたかったのだろう。

帰省する可能性がほとんどない娘にこんな高価なもの買うなんて。

お母さんが欲しいもの、いっぱい買えただろうに。

自分よりも子どものことを考えるのが母らしい。

母は贅沢《ぜいたく》をしない人だった。山本家に嫁に来て、幸せだっただろうか？

我が儘な父とふたりの子どもの世話をして……。

身体はほっそりとしていたのに、心は家族の誰よりも強かった。

全力で私を守ってくれたもの――。

兄から着物を受け取り、畳の上で広げてみた。

牡丹が描かれ、レトロな真紅の布地に金彩が見事な着物。

なんて華やかなんだろう。

大学の卒業式は恵子さんが私に袴《はかま》を着せてくれたけれど、振袖は振袖のよさがあって素敵だ。

手に取って袖を通すと、なんだかあったかくなった。

この不思議な感覚はなに？

心がぽかぽかして、まるでお母さんに守られているみたいだ。

「似合うよ。サイズもよさそうだな」

優しく微笑む兄を見て、小さい頃のことを思い出す。

そう言えば、私が小学一年生の時は兄が毎日手を引いて学校へ連れていってくれたっけ。

いじめっ子が私にちょっかいを出そうとすると、お兄ちゃんが追い払ってくれた。

『雪乃、お兄ちゃんがいるから大丈夫だよ』

今みたいに優しい目で言って、兄は私の頭を撫でた。

「ありがとう」

少しはにかみながら微笑んだら、兄の手が伸びて来て頭を撫でられた。

「明日の朝美容院を予約してあるから行ってくるといい」

お兄ちゃんはもう遠い存在かと思ってた。

だけど、違う。距離を置いていたのは私かもしれない。

過去の忌まわしい記憶を忘れたくて、自分の殻にこもったのだ。

「うん。お兄ちゃんは仕事いいの？」

スーツ姿なのが気になって尋ねると、兄は小さく笑った。

「これから鯖江《さばえ》の工場に行ってくる。なにかあれば美久に言えばいいから」

「そう。行ってらっしゃい」

部屋を出ていく兄を見送ると、着物を畳んでもとに戻した。

それから美久さんにお願いして、山本家の墓があるお寺に車で連れていってもらった。

「おばあちゃんの納骨も先月終わったところなの」

お墓の場所はうろ覚えで美久さんが案内してくれた。

途中花屋に寄って買ったピンクのカーネーションとかすみ草を供えると、線香をあげて手を合わせる。

母はカーネーションとかすみ草が大好きだった。

「お母さん、おばあちゃん、福井に帰ってきたよ」

もう会うことはできないふたり。

死んでしまうということはそういうことだ。

命って大事だ。

私のお腹に宿った赤ちゃんを守りたい。

お願い、赤ちゃんを守って。

どれだけ祈っていたのだろう。

母と祖母が私に微笑んでいる姿が脳裏に浮かんだかと思ったら、頬に日差しを感じて目を開けた。

ああ、あたたかな光。

お母さん、おばあちゃん、そこにいるんだね。

「おばあちゃんの納骨の時は雨だったの。きっと雪乃ちゃんが来たから晴れたのね。お参りに来てくれて嬉しいのよ」

美久さんが澄み切った空を見てふふっと笑うと、私も微笑み返した。

「そうだといいんですけど」

明日、過去と決着をつける。

だから、お母さん、おばあちゃん、見守ってて――。

第十二章　私の覚悟

「雪乃ちゃん、綺麗！」

翌朝、美久さんに付き添ってもらって美容院で着つけをしてもらうと、彼女が私を見て声をあげた。

「着物がいいんですよ」

クスッと笑って鏡を見る。

私が着ているのは、昨日兄から渡された着物。

真紅の色がとても素敵で見入ってしまう。

メイクもしてこんな素敵な着物まで身に纏うと、自分じゃないみたいだ。

着物を着ると背筋がピンとして、心が落ち着く。

「いいえ。雪乃ちゃん美人だもの。後で海に写真撮ってもらいましょう。あっ、そう言えば、お腹大丈夫？　帯きつくない？」

彼女が心配そうに私の腹部に目を向けたので、にっこり笑ってみせた。

「私も着る前は気になったんですけど、お腹も膨らんでいないし、帯や紐も柔らかくて締めつけ感がないです。もしかして美久さんが美容師さんにお願いしてくれたんですか？」

お腹を撫でながら尋ねると、彼女は照れ臭そうに返した。

「ちょっと心配になっちゃって。ネットでも調べたの」

お兄ちゃんのお嫁さんはなにかと気が利く。

昨夜と今朝の食事も父や兄とは別にしてくれた。

「ありがとうございます。昔の人は着物だったし、意外と平気かも。着ているとあったかいです。それに、今日は悪阻も治まっていて体調もいいんですよ」

「きっとお義母さんが見守ってくれているんじゃないかな」

「そうかも。私……これからお兄ちゃんや美久さんにいっぱい迷惑かけると思う」

美久さんに縁談を断るとは言っていない。

私が松本以外の男性の子どもを身籠もってるから、これからどうするか察しはついているだろうけど、彼女には事前に話しておきたかった。

「松本との縁談、破談にします」

私の決意を伝えると、彼女は明るく笑った。

「うん。雪乃ちゃんが決めたことだもん。私は応援するし、迷惑になんて絶対に思わない。だって雪乃ちゃんは私の義妹だもん。私ね、ひとりっ子だからずっと妹が欲しかったの」

「美久さん……」

彼女の言葉に胸がジーンとなる。

「頼りない姉かもしれないけど、もっと甘えてくれたら嬉しいな」

義姉のリクエストを聞いて怜の顔がすぐに浮かんだ。

「ありがとう。最近、同じようなことを他の人にも言われました」

「雪乃ちゃんのことが大事なのよ。海だってそう。あの人無口なタイプだからあんまり言葉にしないけど、雪乃のちゃんのこと思ってる」

彼女の言葉を聞いて思わず笑顔になる。

「お兄ちゃんのことよくわかってますね。美久さんはどうして兄と結婚しようと思ったんですか？」

「海がフランスに行く前まで付き合ってたの。でも、『いつ日本に戻るかわからないし、別れよう』って言われて一度別れたのだけれど、やっぱり彼以外の人は好きになれなくて、彼を追って私もフランスに行ったの」

ニコッと微笑む美久さんの笑顔がとても綺麗だった。

彼女はとても強い人だ。

兄も相当の覚悟でフランスに行ったから、美久さんについてきてとは言えなかったに違いない。

「そんなことがあったんですね。美久さんだから恋バナ聞けますけど、お兄ちゃんには絶対に無理です。聞いても聞こえなかった振りされそう」

兄は自分の恋愛についてなにも語らない。年が離れていたこともあるけど、硬派でそういう話をオープンにする人ではないのだ。

バレンタインにはたくさんチョコをもらってたからモテていたと思うが、家族に自慢はしなかった。

「海って結構照れ屋だから。でもね、フランスに追いかけていったら、彼言ったの。『ここまで来たら、もう一生離さないから覚悟しろよ』ってね」

嬉しそうに笑う彼女は、とても幸せそうだ。

「男前なセリフですね」

兄にしてみればプロポーズだったのだろう。

普段クールな兄がそんな情熱的な言葉を口にするなんて、それだけ美久さんに惚れていたということだ。

「もうあの時はこっちも死んでも離れないって思ったわ。あの……私もやっぱり聞いていい？　お腹の子のお父さんってどんな人？」

気になるのは当然だよね。

松本と結納するはずの私が妊娠して福井に戻ってきたんだもの。

昨日は聞かないでとは言ったが、彼女は私の味方だとわかったのだから、話してもいいだろう。

「私が三月まで働いていた会社の同期で上司です。おまけにその会社の社長令息。美形で仕事もできて性格もよくて、社内一のモテ男なんです」

私の話を聞いて、彼女は「え！」と声をあげた。

おそらく〝社長令息〟ということにビックリしたのだろう。松本も一応社長令息ではあるが、怜とは比べ物にならない。

「雪乃ちゃんが働いてたのってあの有名な沖田不動産よね？」

少し興奮気味に確認してくる彼女の目を見てゆっくりと頷いた。

「ええ。大企業の御曹司なのに驕《おご》ったところはなくて、春の日差しのようにあったかい人です」

怜をそう評したら、彼女は小さく微笑んだ。

「とっても素敵な人なのね」

「彼にはなにも告げずに会社を辞めて福井に戻っちゃって……。赤ちゃんができたことも彼は知らないんです」

現在の怜との状況を説明すると、彼女は理解を示した。

「そう。まあ、私が雪乃ちゃんの立場で赤ちゃんできちゃったら、同じことしてたかも。でも、それじゃダメってわかっているのよね？」

「ええ。この縁談を破談にしたら、彼に全部話します。いっぱい怒られるかもしれないけど」

自分の考えを伝えて笑ってみせたら、彼女は少しホッとしたような顔をした。

「それがいいわ。お腹の子のためにも。彼も雪乃ちゃんとなら子どもができてもいいって思ってるんじゃないかしら。だって、御曹司でしょう？　生半可な気持ちでお付き合いはしないはずよ。しかも、同期で部下なんだもの」

確かに彼からプロポーズのようなセリフは言われた。

でも、私は松本のことがあってイエスとは答えられなかった。

「彼もこの子を望んでくれたら嬉しい。彼のご両親からいろいろ言われるかもしれませんが、心からお詫《わ》びするつもりです。許してもらえるまで何度でも」

怜のお父さんは沖田不動産の社長で立場もある。

普段穏やかな印象の社長だけれど、激昂されても仕方がない。

「それだけ覚悟決めてるのね。子どもって授かりものだから、彼のご両親も最初は難色を示しても、やがて受け入れてくれると思うわ」

美久さんの励ましに明るい気持ちになれた。

「この子をみんなが愛してくれたらいいな」

自分は疎まれてもいい。この子さえ愛されてくれたら。

「赤ちゃんは宝だもの。私は愛すわよ。誰でも授かるわけではないし、私もいつか海との子ができたら嬉しいわ」

美久さんが私のお腹に目を向け、優しく微笑む。

赤ちゃんが欲しくてもできない人だっている。

お兄ちゃんと美久さんも子宝に恵まれますように。

「そしたら姉妹でママ友になれますね」

茶目っ気たっぷりに言ったら、彼女も「子どもはいいとこになるのよね。想像すると楽しい」と笑って返した。

朝起きた時は結納のことを考えてナーバスになっていたのだけれど、彼女のお陰でリラックスできた。

「それじゃあ、そろそろ会場に行きましょうか？」

腕時計にチラッと目をやって私に声をかける美久さんに、「はい」と身を引きしめながら返事をした。

美容院を出ると、店の前にタクシーが停まって、後部座席から兄が降りてきた。

「もう終わったのか？」

兄の質問に美久さんが笑顔で答えた。

「ええ。ちょうど今終わったところよ」

「そうか。着物、よく似合ってる」

兄が私の振袖姿を見てボソッと言うと、美久さんがスマホを手に取った。

「ふたり並んで。私、写真撮るから」

彼女の指示で兄と並ぶが、なんとも照れ臭かった。

「ふたりとも表情が固いわよ。もっと笑って」

美久さんの要求に私も兄も苦笑い。

そこを彼女がスマホのカメラで撮ってクスッと笑う。

「さすが兄妹ね。笑顔が一緒だわ」

美久さんの発言を聞いて困惑したように顔を見合わせる私と兄。

笑顔が一緒なんて初めて言われた。

でも、兄と私の反応が被って、流れている血が一緒なんだって実感する。

「あの……お父さんは？」

タクシーに父が乗っていないのを見て兄に尋ねたら、抑揚のない声で返された。

「先にホテルに行った。先方に挨拶するらしい。もう時間も迫っているから行こう」

兄が軽く私の肩を叩く。

「うん」と返事をすると、兄は声を潜めて言った。

「全部ひとりで背負うなよ。お前ひとりじゃないんだから」

「……ありがと」

兄はまるで私の決意を知っているかのようだ。

兄と美久さんと私の三人は、タクシーに乗って結納会場のホテルに向かった。

私が持っている風呂敷包みを見て兄が怪訝そうな顔をする。

「その包み、何が入っているんだ？」

「ちょっとね。今日の結納に必要なもの」

ハハッと笑って曖昧に答える。

五百万円入っているとは言えない。

実は昨日墓参りに行った後、銀行に寄っておろしてきたのだ。

二十分ほどタクシーに乗っていると、大きなビルが見えてきて兄がポツリと言った。

「あれが今日の会場のホテルだ」

天にそびえるように立っている高層ビル。周囲に高い建物がないからとても目立つ。

去年福井駅前にオープンした二十階建ての高級ホテルで、福井のランドマークになっている。

皮肉にも沖田不動産が土地を買収し、松本建設が建てたものだけれど、和モダンで落ち着きと安らぎに満ちたシックな雰囲気のホテルだ。

ホテルのフロントで受付を済ませると、まず控え室に案内された。部屋にはソファとテーブルセットが置いてあって、スーツ姿の父がソファに座ってスマホを見ていた。

私をチラリと見て「やっと来たか」と言う父に、兄が尋ねた。

「松本さんはもう来てるのか？」

「ああ。うちももうすぐ呼ばれるだろう」

父の答えを聞いて身体が緊張してきた。

もうすぐ松本悠馬に会う。

落ち着け。昨夜寝る前に何度もシミュレーションした。

ふーっと軽く息を吐くと、ノックの音がした。

「山本さま、準備が整いました」

「はい」と兄が返事をし、父もソファから立ち上がる。

控え室を出て通路の奥にある部屋に向かうと、美久さんが私に顔を近付けて声を潜めた。

「私はここで待機してるわ。具合が悪くなったら我慢しないでね」

「ありがとう」

コクッと頷き、父や兄の後に続いて入った部屋は和室だった。床の間には結納品が飾られていて、座布団が置かれている。

私の運命がもうすぐ決まる。いや、私の手で変えるのよ。

足が竦《すく》んだが、自分の気持ちを奮い立たせた。

奥には松本親子がいて、床の間の近くに松本の父親、松本、彼の母親の順で座っている。今日の結納は略式ということで仲人の姿はなかった。

松本が私を見たので咄嗟に目を背け、彼のご両親の方を見て会釈する。

「雪乃ちゃんは綺麗だねえ。私が結婚したいよ」

松本のお父さんがそんな冗談を言って豪快に笑った。

お父さんは恰幅がよくて背が高く、目は松本と同じ一重だ。

目以外はほっそりとしている母親に似たのだろう。

「お父さん、絶対に彼女に手を出さないでくださいよ」

松本がそんな注意をして笑うが、私は全然笑えなかった。

この場の雰囲気に呑まれて身体が強張る。

しっかりしないと。松本を恐れるな。

私の未来……ううん、この子の未来がかかってる。

お腹に触れてなんとか気持ちを切り替えようとしていたら、「雪乃」と兄に肩を軽く叩かれてハッと我に返った。

父が「花嫁修行をさせていなくて申し訳ない」と恐縮しながら座布団に座ったので、私も慌てて父の横に腰を下ろした。

「結納ですが、略式ですし形式的な挨拶はなしにしましょう。ほら、お前」

松本の父親が奥さんに目配せすると、奥さんは立ち上がって床の間に飾られていた結納品を片木盆《へぎぼん》に乗せて私の前に運び、一礼して席に戻った。

次に松本の父親が記憶を辿りながら結納の口上を述べる。

「えー、なんと言ったかな。あっ、そうだ。結納の品を納めさせていただきます」

「ありがとうございます。お受けいたします」

父が頭を下げて言葉を返したその時、私はカッと目を見開いて松本を見た。

私の視線に気付いた彼が訝しげな顔をする。

絶対にあなたとなんか結婚しない。

「申し訳ございません。このお話、お受けできません！」

私の発言にこの場にいた誰もが大きく目を見張った。シーンと静まり返り、みんなの視線が私に集まる。

最初にその静寂を破ったのは父だった。

「お、お前、なにを言っているんだ！　ふざけるな！」

私を指差して声をあげる父の手は、ブルブルと震えていた。

怒るというより父は驚いている。私が結納をぶち壊すなんて思ってもみなかったに違いない。

不思議だ。この状況で父の心情を分析する余裕が今の私にある。

きっと母が私を見守ってくれているからだろう。

「私は本気よ。松本さんとは結婚しません！」

一言一句はっきりと宣言すると、父は憤慨した。

「馬鹿なことを言うな！　松本さん、うちの娘がすみません！　雪乃も謝れ！」

私の頭を押して無理矢理謝罪させようとする父。

「絶対に嫌！」

「ダメだ謝れ！」

叫ぶように言って抵抗したが、父は力一杯私の頭を押してくる。

顔面を畳に叩きつけられると思ったけれど、兄がすんでのところで父を止めた。

「父さん、やめるんだ！」

父の腕を掴んでいる兄。

「海、邪魔をするな！　雪乃謝れ！」

気が動転して声を張りあげる父を兄は叱りつけた。

「いい加減にしろ！　なんで雪乃に全部背負わせる！　それでも父親か！」

髪を振り乱して怒る兄を初めて見た。父もたいそう驚いたらしく、唖然としている。

山本家の方は決着がついたようだが、対面にいる松本家の人たちからダークな空気を感じた。

「雪乃ちゃん、うちは君のお父さんに三千万融資しているんだ。今さら約束を反故にされても困るんだよ。お金はいつ返してくれる？」

斜め前に座っていた松本のお父さんが、顔を歪めて私を見据えた。

ドスの効いた声で私を脅す松本のお父さん。いやしい本性は隠しきれない。

「ここに五百万円あります」

持ってきた風呂敷包みを開け、松本親子に現金を見せる。

「まずはこれをお納めください。残りは必ず返します」

努めて冷静に交渉を進めようとしたが、松本のお父さんが立ち上がって声を荒らげた。

「そんな都合のいい話があるか！　勝手に決めるな！」

相手が怒るのはわかっていたから、精神的ダメージはあまりなかった。

勝手に決めるな……か。

積年の恨みが沸々と込み上げてくる。

「こちらも言わせてもらいますが、息子さんは犯罪者です。私が高校三年生の時、強姦されそうになりました。破談にできなければ、この話を表沙汰にします」

これが私の覚悟だ。今まで逃げていたがもう逃げない。

私の話にうちの親族も松本の両親もびっくりしてなにも声を発しなかったが、ただひとり松本だけは違った。

「雪乃さんは芝居がかった冗談が好きなようだ。それとも過度に緊張してるのか？ みんな君の話に驚いている。ちょっとは落ち着いたらどうかな？ ふたりで話をしようじゃないか」

うっすら口角を上げる松本。

私の話を聞いてもちっとも動揺していない。むしろ楽しんでいるといっていいだろう。目が笑っている。

この人は悪魔だ。

でも、恐れずに彼とちゃんとケリをつけなくては。

「わかりました」

ゆっくりと立ち上がり、松本の目を真っ直ぐに見据えて返事をするが、兄が反対した。

「雪乃、無茶するな」

「大丈夫。ずっと逃げてたら私はこの人に負けたことになる」

兄に小さく笑って見せると、すぐに松本に視線を戻した。

「それじゃあ話をしましょうか」

「そういう気の強いところが好きなんだ。久々に高校の時の雪乃が見られて嬉しいよ」

松本が立ち上がって私の頬に触れようとしたので、咄嗟に叩いた。

「私に触れないで！」

「怖いね。毛を逆立てた猫みたいだ。ここの庭園でも散歩しよう。少しは穏やかな気分になるんじゃないか？」

松本の提案に小さく頷く。

部屋でふたりきりで話すよりはいいだろう。

彼が部屋を出ていくので私もあとをついていくと、ドアのところにいた美久さんが心配そうに私を見た。

「雪乃ちゃん、怒鳴り声が聞こえたけど大丈夫？」

「大丈夫です。ちょっと彼と庭園で話してきます」

彼女にそう告げて松本についていく。

着物を着ていて早く歩けなかったが、意外なことに彼が私の歩調に合わせた。

「さっきの雪乃の義姉だろ？　仲がいいんだな」

「それがなにか？　あなたには関係ないと思いますが」

松本に冷たい視線を向けると、彼はやれやれといった様子で溜め息をついた。

「結婚したら関係あるんだけどな」

「結婚しないと言ってるじゃないですか！　もう忘れました？」

キッと松本を睨みつけたら、ハハッと笑われた。

「忘れてないけど、雪乃の気が変わると思ってな」

「変わらないわ」

冷ややかに言って案内に従い、早足で庭園に向かう。エレベーターがあったが、あえて中央にあるエスカレーターで一階に降りた。松本と閉鎖空間でふたりきりになりたくなかったのだ。

そんな私の心中を知ってか知らずか、彼は口元にうっすら笑みを浮かべている。それがなんとも不気味だった。

ガラス扉を開けると、こぢんまりとした日本庭園があった。小さな池と赤い橋があり、そのそばに大きな桜の木があって桜が満開になっている。

こんな状況でなければ見事な桜を楽しんでいただろう。

少し庭園を歩いて桜の木の下で松本と向き合った。

「さっきも言ったけど、借りたお金は返します。だから、私との縁談はなかったことにしてください」

お願いというよりは要求だった。私の言葉を聞いて、彼はフンと鼻を鳴らす。

「嫌だね。俺はずっとお前が欲しかったんだ。そのチャンスを逃すとでも思うか？」

「私を手に入れられなかったから執着してるだけよ。あなたは地位もお金もある。どんな女だって思いのままじゃない」

軽蔑するように言う私を、松本は嘲笑った。

「わかってないな。手に入れ難いものほど欲しいんだよ」

「子どもね」

吐き捨てるように呟いたら、彼は開き直った。

「子どもで結構。俺と結婚すればどんな贅沢でもさせてやる。世界一周旅行でもなんでも」

「生憎贅沢には興味ないの」

素っ気なく返すと、彼がちょっとムッとした顔になった。

「うちの融資がなければ、お前の父親の会社は危なくなるんだぞ」

お金で脅しをかけてくるところは父親と一緒だ。

でも、もう屈しない。お金を持っているのは松本だけではない。

他の融資先を探せばいい。なにか方法があるはずだ。

「もうなにを言っても無駄よ。私はあなたとは結婚しない。お腹の中に愛する人の赤ちゃんがいるの」

私の爆弾発言を聞いて、松本は烈火のごとく怒った。

「はあ？　他の男の子どもを妊娠しただと！」

鬼の形相で私を睨みつける彼に、もう一度告げた。

「ええ。他の男性の子を授かったの。だから、結婚できません」

「だったら堕ろせ」

狂気的な目で私を見て、彼は私の首に手をかける。

「絶対に嫌。この子は死んでも守る」

怯まずに強く言い返したら、松本がブチ切れた。

「お前〜！」

彼が私の首を絞め上げる。

「……うっ」

呻《うめ》き声をあげながら彼の手を外そうとしたけれど、息苦しくて力が入らない。

誰か……助けて。誰か……。

助けを呼ぼうとして怜の顔が浮かんだ。

もう声が出ず、心の中で彼の名を呼ぶ。

怜……。

ここに彼がいるはずもないのに、その名前しか頭に浮かばなかった。

息ができなくて視界が霞《かす》む。もうダメかと思ったその時、怜の声がした。

「やめろ！」

その声の後すぐにバシャッという水音がして、急に楽になったと思ったら松本が池に落ちていた。私の目の前には怜がいて、ビックリして何度も目を瞬く。

これは幻だろうか？　それか夢でも見てる？

「れ……怜？」

身体の力が抜けてくずおれそうになる私を彼が支え、そのまま抱きしめられた。

「大丈夫か、雪乃？」

彼の身体の温もりが伝わってくる。

ああ……これは夢じゃない。現実だ。

彼の胸に頬を寄せて頷いた。

「うん」

第十三章　彼女を必ず連れ戻す

「山本さんは今日休み？　昨日の歓送会も来てなかったけど」

歓送会の次の日の四月一日、始業時間にふらっと部長室にやってきた渡辺が俺に尋ねた。

「いや、休みじゃなくて退職したんだ」

パソコン画面から顔を上げてそう答えたら、彼は目を丸くした。

「退職？　ええ～！」

「知ったのは昨夜だったけど、なんとなく辞める気はしてた」

窓の外の雲を見ながら呟くように言うと、渡辺は少し不機嫌そうな顔で俺を責めた。

「知ってたなら言ってくれよ。部の他の連中だって別れの挨拶したかっただろうに。どこかに転職？」

「福井の実家に帰った。高校の時の同級生と結婚するために」

俺の返答を聞いてさらに驚いた彼は、素っ頓狂な声をあげた。

「け、け、結婚～！」

「シッ！　お前声デカすぎ。部長室で叫ぶなよ」

人差し指を唇に当てて渡辺を注意する。

「わ、悪い。でもお前、他の男に取られていいの？」

真剣な目で俺に問う彼に、ニコッと笑ってみせた。

「ダメに決まってる。俺のなんだから」

「その顔……なにか企んでるんだろうけど、そんな呑気にここにいていいわけ？」

どこか不安そうに俺を見る渡辺。

雪乃が福井に行っても落ち着き払っている俺に戸惑っているようだ。

「午後になったら福井に向かう。竹下常務に仕事を頼まれているんだ」

そう返して雪乃を追うと仄めかせば、彼は顎に手を当てながら相槌を打った。

「あっ、そう言えば、昨日焼肉屋で竹下常務となんかコソコソ話してたよな」

「後のこと頼む」

竹下常務には、本当に感謝している。俺が堂々と雪乃を追えるようにしてくれたのだから。

「了解。要するに仕事のついでに山本さんを連れ戻しに行くわけだ。ついでなのは仕事の方かもしれないけど」

安心してクスッと笑う渡辺にニヤリとしながら返した。

「そこはあまり追及するなよ」

「絶対に連れ戻せよ」

俺の肩を叩き、真剣な目で告げる彼に約束する。

「どんな手段を使っても連れ戻す」

その後、お昼に会社を出て新幹線と特急を乗り継いで福井に向かった。

着いたのは午後四時過ぎ。

駅前に大きな恐竜のモニュメントがあって目を引く。

駅の近くにあるうちの会社の支社に行き仕事を済ませると、駅前にあるホテルにチェックインした。

ここは明日雪乃の結納が行われるホテル。

実は昨夜、彼女のお兄さんと電話で話して結納のことを聞いた。

『突然お電話してすみません。雪乃さんとお付き合いさせていただいている沖田怜と申します。彼女の縁談の件で、お力を貸していただきたいのですが』

《沖田さん……。叔母から話は聞いています。あの……違っていたらすみません。沖田というと、ひょっとして沖田不動産の経営者の一族の方ではないですか？》

普段自分の父親が社長と自慢するようなことは言わないが、相手の信頼を得るためなら仕方がない。

雪乃のお兄さんに問われ、素直に認めた。

『はい。沖田不動産は父の会社です。僕は彼女とは同期で、入社した時からずっと同じ部署で働いてきました。雪乃さんの叔母の恵子さんから縁談のことは聞いています。建設会社の御曹司と結婚するとか』

《ええ。明後日が結納なんです》

お兄さんのその言葉を聞いて、胸が締めつけられた。

『最近の彼女は元気もなくて見てられませんでした。僕に内緒で会社を辞めてその建設会社の御曹司と結婚しようとしているようですが、僕としてはなんとしても阻止したい』

そう自分の気持ちを伝えると、彼女のお兄さんは少し沈んだ声で返した。

《やはり雪乃は悩んでいたんでしょうね。父の命令は絶対で妹は父に嫌と言えなかったんだと思います。私も妹には幸せな結婚をしてほしい》

彼も雪乃の結納には反対していて、俺が彼女と結婚したいと誠意をもって伝えたら協力してくれることになった。

今日の午後七時にこのホテルのラウンジで会うことになっている。

部屋に行き、ノートパソコンを出してメールの処理をすると、スマホを出してその画面をジッと見た。

昨日の夜雪乃に電話したが、やはりもう電話は繋がらなくなっていた。

メッセージを送っても既読はつかなかったし、多分連絡先を変えたのだろう。

沢口さんは雪乃の連絡先を知っているに違いないが、あえて聞かなかった。

俺が連絡しても雪乃は出ないかもしれないから。

それに今俺は福井にいる。

本当は昨日雪乃が焼肉屋に現れなかった時点で彼女を追いたかった。

だが、ついにここに来たんだ。

「なにがなんでも雪乃を連れて帰る」

ギュッとこぶしを握って見つめる。

どれだけそうしていただろう。

いつの間にか空が暗くなっていて、スマホに目をやると午後六時四十七分だった。

「そろそろ行かないとな」

部屋を出て一階のラウンジに向かうと、眼鏡をかけたスーツ姿の男性がひとり奥の席に座っているのが見えた。

目元がなんとなく雪乃に似ている。

きっと彼が雪乃のお兄さんに違いない。

「山本海さんですか？」

コーヒーを飲みながらスマホを見ている男性に近付いて声をかけた。

「はい、山本海です」

スーツ姿の男性が俺に目を向けながら立ち上がった。

「昨日お電話した沖田です。お忙しいところすみません」

スーツの内ポケットから名刺を取り出して差し出すと、彼は軽く会釈しながら受け取った。

「こちらこそ福井までわざわざすみません」

「いえ、仕事もあったので。彼女の様子はどうですか？」

一緒に席に着き、彼に雪乃のことを尋ねる。

「明るく振る舞ってはいますが、無理している感じが伝わってきて、見ているのが辛いです。ひとりで背負うなとは伝えているんですが」

「彼女は結構頑固ですからね。ところで松本建設からお金を借りているんですよね？

僕がお金を準備しますから、それで松本と縁を切ってください。いや、向こうがなんと言おうが切らせます」

「ですが、そこまで甘えるわけには……」

俺の申し出にお兄さんは戸惑っていたが、強引に話を進めた。

「いずれ雪乃と結婚しますし、他人ではありません。彼女を守るためにやらせてください」

「沖田さん……すみません」

「謝らないでください。僕がそうしたいんです」

それから彼に明日の結納の詳細を確認し、一緒に夕食を食べて別れた。

いろいろ話を聞いて雪乃の父親は毒親だと思ったが、お兄さんはまともな人で少し安心した。彼女のことを心配しているのがよくわかったし、妹思いの優しい人だ。

部屋に戻ってシャワーを浴びながら明日のことを考えた。

結納が始まってしばらくしたら、俺が入っていって雪乃とは結婚させないと相手に伝えよう。

「絶対に雪乃を苦しめた男になんか渡さない」

そう呟いて決意を新たにする。

次の日のお昼過ぎに結納が始まった。

俺は自分の部屋で待機していて、ベッドの端に腰かけてスマホから聞こえてくる音声に耳を傾けていた。

それは雪乃の結納のやり取り。実は彼女のお兄さんと電話で繋がっていた。

《結納ですが、略式ですし形式的な挨拶はなしにしましょう。ほら、お前》

五十代くらいの男性が上機嫌な感じで話している。

《えー、なんと言ったかな。あっ、そうだ。結納の品を納めさせていただきます》

内容から言ってこの声は相手の父親のものだろう。

すぐに違う男性の声が聞こえた。

《ありがとうございます。お受けいたします》

おそらく雪乃の父親の声。

そろそろ結納の会場へ行った方がいいか。

ベッドから立ち上がったその時、雪乃の声が聞こえた。

《申し訳ございません。このお話、お受けできません!》

その声がして数十秒は誰の声も聞こえなかった。

多分、雪乃の爆弾発言にみんな驚いているのだろう。

俺だってビックリした。

まさか彼女がこんなに堂々と婚約を破談にする言葉を口にするなんて……。

いや、違う。俺が知っている彼女は芯が通っていて強い。

ずっと悩みに悩んで彼女が決めた結論。

俺がなんとかして救い出すつもりでいたのだが、ホントすごい女性だ。

ふっと笑みを浮かべて部屋を出ると、彼女の父親の怒鳴り声が聞こえた。

《お、お前、なにを言っているんだ！　ふざけるな！》

あまりに大きくて耳が痛くなる。

目の前でその言葉を浴びせられたら、雪乃も怯むに違いないと思っていたが、彼女は凛とした声で告げた。

《私は本気よ。松本さんとは結婚しません！》

あっぱれと彼女を褒めてあげたい。

だが、彼女の父親の怒りのテンションは益々上がった。

《馬鹿なことを言うな！　松本さん、うちの娘がすみません！　雪乃も謝れ！》

《絶対に嫌！》

雪乃が語気を強めて父親に言い返している。

マズいな。かなり揉めている。

早足で結納の会場に向かうが、その間も父親と雪乃が言い争っていてお兄さんが割って入った。

《いい加減にしろ！　なんで雪乃に全部背負わせる！　それでも父親か！》

しばらく雪乃の家族の声しかしなかったが、ようやく相手方の父親が参戦した。

《雪乃ちゃん、うちは君のお父さんに三千万融資しているんだ。今さら約束を反故にされても困るんだよ。お金はいつ返してくれる？》

太くて低いすごみのある声。その発言を聞いて危険を感じた。

建設会社の社長だが、人を脅すなんて極道と一緒だ。

すぐに《ここに五百万円あります》と雪乃が落ち着いた口調で言うが、《そんな都合のいい話があるか！》と相手は怒鳴り散らして納得しない。

《こちらも言わせてもらいますが、息子さんは犯罪者です。私が高校三年生の時、強姦されそうになりました。破談にできなければ、この話を表沙汰にします》

雪乃がその話を出してきたので、聞いていて胸が痛くなった。

相当勇気が必要だっただろう。

しかし、当の松本悠馬は相手にしなかった。

《雪乃さんは芝居がかった冗談が好きなようだ。それとも過度に緊張してるのか？　みんな君の話に驚いている。ちょっとは落ち着いたらどうかな？　ふたりで話をしようじゃないか》

　彼の発言に怒りが込み上げてくる。

　親子してクズだ。

《わかりました》

　雪乃がそう返事をしたのでハッとした。

　ふたりきりにさせたらなにをされるかわからない。

　部屋から結納会場までは五分ほどかかる。

　俺が行くまでふたりになるなよ。

　そう祈りながら急ぐが、エレベーターがなかなか来ない。

　待っている間に雪乃と松本が庭園に移動するという話がスマホから聞こえてきて焦った。

　とりあえず来たエレベーターに乗って一階に下り、庭園へ。

　その間にブチッとお兄さんとの通話が途切れたが、また彼から電話がかかってきた。

「はい、沖田です」と電話に出ると、お兄さんが声を潜めて言った。

《雪乃と相手の方が庭園に向かったのですが、父や相手の家族が憤慨していて、今雪乃たちの様子を見に行けません。沖田さんにお願いしていいですか？》

決まっていた結納をぶち壊したのだから、お兄さんもその後の対処が大変だろう。

「ええ。今庭園に向かっています」

素早く答えて電話を切り、全速力で走った。

すれ違った人に変な目で見られたけど、気にしている余裕なんてない。

ようやく庭園に着くが、ドア付近に雪乃たちの姿はなかった。

「どこだ？」

そう呟きながら雪乃と松本の姿を探したら、ふたりの声が聞こえてきた。

「うちの融資がなければ、お前の父親の会社は危なくなるんだぞ」

借金取りのように脅す松本に雪乃が怯まずに言い返す。

「もうなにを言っても無駄よ。私はあなたとは結婚しない。お腹の中に愛する人の赤ちゃんがいるの」

その彼女の言葉が俺の胸を打った。

ああ。やっぱり俺の子を妊娠していたんだな。

それに愛する人って……。

「はあ？　他の男の子どもを妊娠しただと！」

松本にとっては寝耳に水の話。

彼の罵声が聞こえたが、彼女は冷たく返す。

「ええ。他の男性の子を授かったの。だから、結婚できません」

「だったら堕ろせ」

逆上した松本の声を聞いて焦る。

ふたりはどこだ？

周囲には木が生い茂っていて探しにくかったが、桜の木のそばで赤い着物が見えた。

あれだ！

そう思って駆け寄ったら、さらに状況が悪くなっていて振袖姿の雪乃とスーツ姿の松本が対峙していた。

「絶対に嫌。この子は死んでも守る」

素直に従わない雪乃の首に松本が手をかける。

「お前～！」

「……うっ」

苦しそうに顔を歪める雪乃を見て理性が吹っ飛んだ。

「やめろ！」

松本に向かって叫び、背後から彼を掴んで近くの池に放り投げた。

松本が池に落ちて水しぶきが飛ぶ。

「れ……怜？」

ふらついた雪乃を抱き止め、この腕にギュッと抱きしめた。

「大丈夫か、雪乃？」

俺の言葉に彼女が安心した顔で返事をする。

「うん」

彼女が自分の腕の中にいる。

だが、それだけじゃなくて、ずっと俺から離れようとしていた雪乃をやっと捕まえることができて心からホッとした。

数十秒抱き合っていたら、松本の怒り狂った声が聞こえた。

「お前～、なにをする！」

俺を睨みつけ、松本はゆっくりと立ち上がる。全身ずぶ濡れで水が滴っていた。

「殺人を未遂にしてやったんだ。感謝するんだな」

冷ややかにそう言い返したら、彼は逆上して俺たちの方に突進してきた。

「この野郎～！」

咄嗟に雪乃の前に出ると、彼の足に俺の足をかけてバランスを崩したところを押し倒した。

「うっ！　いてっ……！」

顔に泥をつけて呻く松本。

そこへ雪乃のお兄さんがやってきた。

「雪乃、沖田さん！　これはいったい？」

松本が地面に倒れて顔をしかめているのを見て、お兄さんが目を丸くする。

「僕が駆けつけたら、彼が雪乃の首を絞めていたので、咄嗟に手が出ました。雪乃は大丈夫ですし、彼も怪我はしていないです。お兄さん、すみません。警察を呼んでください」

俺の説明を聞いて、彼はすぐにスマホを取り出し、電話をかける。

その間に俺はポケットからハンカチを出して松本に近付き、彼の両手を縛り上げた。

「無様だな」

「お前……誰だ？」

松本が地面から顔を上げて俺を見る。

「そう言えばまだ名乗ってなかったな。俺は沖田怜。雪乃の将来の夫だ」

ニッと笑みを浮かべる俺を、彼は憎らしげに睨みつけた。

「お前が雪乃のお腹の父親か！　タダで済むと思うなよ」

「タダで済まないのは松本悠馬、お前だよ。殺人未遂だけでなく、お前には脱税の件もある」

松本の建設会社は普段からブラックな経営をしているせいか社員の恨みを買っていて、ある社員が内部告発したのだ。

「脱税って……」

俺の話に顔色を変える松本を見据え、ニヤリとする。

「お前の会社を調べたらいろいろわかってな。この五年間で五億も脱税してるようだな。親子でしっかり裁きを受けろよ」

「……覚えてろよ」

悔しそうに歯軋《はぎし》りする彼にトドメの言葉を浴びせる。

「沖田不動産を敵に回したんだ。もう廃業した方がいいかもしれないな」

俺の会社の名前を口にしたら、松本は青ざめて項垂《うなだ》れた。

「沖田不動産……ああ……沖田怜」

沖田不動産は日本を代表する大企業。一方の松本建設は地方の一企業。沖田不動産を怒らせてはこのホテルの建設のような大きな仕事は回ってこない。

それからしばらくすると警官がやってきて、松本を連行していった。

「これで一件落着だな」

雪乃にニコッと微笑んだら、彼女は不思議そうに首を傾げた。

「ねえ、どうして福井に？　それにどうして兄と？」

「一昨日、竹下常務に言われたんだ。福井に出張に行けって。お兄さんとは恵子さんを通して連絡を取ることができてね。結納をぶち壊して雪乃を連れ戻そうとしたわけ。まあ俺が出ていかなくても雪乃がぶち壊したけど」

クスッと笑ったら、彼女は俺の目を見て申し訳なさそうに返した。

「ずっと隠しててごめんなさい。松本の件が解決したら怜に全部打ち明けるつもりでいたの。……妊娠のことも」

「雪乃らしいよ。これからは俺にちゃんと言うように。俺たち一生を共にするんだから。それに、赤ちゃんのことは正直言って嬉しいよ。素敵な宝物をもらった」

結婚したい女じゃなきゃ避妊しないなんて危険な真似はしない。

避妊しなかったのは、やっぱり雪乃の子どもが欲しいと本能的に思ったんだと思う。

「怜……。ありがとう」

松本の前では気丈に振る舞っていたのに、今の彼女の目からは涙がこぼれ落ちている。その涙を指で拭いながら彼女に微笑んだ。

「さあ、雪乃のお父さんに挨拶しに行こう」

第十四章　彼と幸せになる

「さあ、雪乃のお父さんに挨拶しに行こう」

怜の言葉にコクッと頷く。涙があふれ出して、もう声にならなかった。

だって彼が助けに来てくれるなんて思ってもみなかったから。

東京にいるはずの彼が助けに来るわけがない。

それでも頭の中で助けを求めたのは怜だった。

松本に首を絞められてこのまま死んでしまうのではないかって……。

怜が助けに来てくれて驚いたけど、やっぱり嬉しかった。

ずっと結納のことも赤ちゃんのことも内緒にしていたのに、彼は私を責めない。

それに怜に出張を命じた竹下部長……ううん、竹下常務にも感謝している。

私のことを心配して怜に福井行きを命じたのだろう。

「もう辛いことは終わったんだ。今後なにがあっても俺がいるから大丈夫だ」

指で私の涙を拭う彼がめずらしく困惑した顔をする。

「参ったな。ハンカチ、松本に使ったんだ。俺のシャツで涙拭く？」

その言葉に思わず噴き出してしまった。

「……いい。今ので涙止まった」

そんなやり取りを怜としていたら、美久さんが息せき切って現れた。

「雪乃ちゃーん、大丈夫～！」

こちらにやってくる彼女を見て、怜が「あれは誰？」と私に尋ねる。

「お兄ちゃんの奥さん」

口早に答えて美久さんに目を向ける。

「警察の人がロビーにいて、松本さんが連行されていったから心配で」

血相を変えてそんな話をする彼女に苦笑いしながら返した。

「ちょっと首を絞められて危なかったんですけど、彼が助けてくれたので大丈夫です」

彼女に説明しながら怜をチラッと見ると、彼がにこやかに挨拶した。

「初めまして。沖田怜です」

「ひょっとしてして……彼が雪乃ちゃんの大事な人？」

私に確認する美久さんの目を見て笑顔で頷く。

「はい」

「素敵な人ね。雪乃ちゃんを迎えに来てくれたのね。よかった」

感極まったのか涙を流す彼女をそっと抱きしめた。

「ありがとう、美久さん」

「美久、親父は？」

近くにいた兄が問うと、美久さんは涙を拭いながら答えた。

「ラウンジで休んでる。いろいろあって混乱してるみたい」

その返答を聞いて、兄と美久さんにお願いした。

「怜を連れてお父さんのところに行ってくる。ふたりも来てもらっていい？」

大事な話をするから一緒にいてほしかった。

「もちろん」とふたりは声を揃えて返事をする。

四人で庭園を出てラウンジに行くと、父はすこぶる機嫌が悪そうに眉間にシワを寄せてコーヒーを飲んでいた。

「お父さん」

私が呼んだら、父は「なんだ！」とイライラした様子で答えたが、怜に気付き怪訝な顔をする。

「その人は？」

「彼は……！」

私の言葉を遮り、怜が名刺を取り出して父に自己紹介した。

「雪乃さんとお付き合いさせていただいている沖田怜と申します。彼女が先月まで勤めていた沖田不動産の同僚です」

「雪乃とお付き合い？……沖田不動産の沖田？」

父は怜と名刺を交互に見ている。

名前が会社名と同じだから、経営者側の人間では？と考えているのだろう。

「父の会社です」

怜が付け加えると、父は急にピンと背筋を伸ばして深く相槌を打った。

「……そうですか」

「実は雪乃さんのお腹の中には僕の子がいます。彼女と結婚することを許してほしいのですが」

怜の話が相当ショックなのか、父の手がブルブルと震えた。

「雪乃が妊娠……？」

驚きと怒り。

父はそんな表情をしていた。

「お父さん、怜は悪くないの。自分の立場はわかっていたのに、関係を迫ったのは私なの」

今にも怒りを爆発させそうな父を宥めようとしたが、父は椅子から立ち上がって私に言い放った。

「もう好きにしろ！　お前のことなんか知らん！」

憤慨してこの場を立ち去る父の後ろ姿を見てみんな苦笑する。

周囲に人がいなかったのが幸いだった。

「嫌われちゃったかな。まあ、これからたくさん時間はあるし、焦らずじっくり説得していこう。だが、結婚はすぐにでもしたい」

怜がそう言って着ていた紺のジャケットの胸ポケットから白い封筒を出した。

「座りませんか？」

怜が兄と美久さんに声をかけて四人で席につく。店員に飲み物を頼むと、怜は封筒に入っていた書類を取り出してテーブルの上に広げた。

それは婚姻届。

私、兄、美久さんの三人は大きく目を見開いてそれを見つめた。

すでに『夫になる人』、『証人』欄のひとつにそれぞれ怜と彼のお父さまの署名と捺印がされている。

「これ……」

ビックリして怜の顔を見ると、彼はとびきりの笑顔で微笑んだ。

「雪乃と付き合い出してから結婚のことは考えてて、一昨日親父にサインしてもらった。今日雪乃と雪乃の親族のサインももらおうと思ってね」

「怜……」

感動でそれ以上声が出なかった。

子どものことがなくても、彼は私と一緒になる決意をしていたんだ。

改めて婚姻届を出されると、胸がじわじわとあったかくなる。

この数カ月ずっと苦しかった。ずっと辛かった。

でも、こんなサプライズが待っているなんて……。

「そういうわけで雪乃サインして」

私にペンを差し出す怜に涙ぐみながら返事をした。

「はい」

ペンを受け取り、サインをするが、緊張して手が震える。

「こんなに書類書くのに緊張したの初めてかも」

少しはにかみながらそう伝えたら、怜は優しく微笑んだ。

「うちの父さんと母さんが東京に戻ったらすぐに雪乃に会わせろって。雪乃を連れ帰るまで戻ってくるなとも言われたよ」

「よく社長が許してくれたね」

まだ挨拶にも行っていない相手との結婚を許すなんて……。

しかも、怜のお父さまは大企業の社長。普通は世間体だって気になるはず。

「俺も雪乃じゃなきゃ一生結婚しないって言ったし、竹下常務や修二さんも援護射撃してくれてね。『あの子はいい子だから、反対したら後悔しますよ』って」

「そんなことがあったのね」

考えてみたら、竹下常務は少し前から社長に私を紹介していた。

この展開を予想していたのだろうか。

一見、人のいいおじいちゃんという印象の竹下常務だが、仕事もできて人脈もあるし、なかなかの切れ者だ。

修二さんも私のことを気にかけてくれて、一昨日はカフェで時間を潰していた私に声をかけてくれた。

私はみんなに支えられて生きているんだって実感した。

でも、ひとつ気になることがある。

「赤ちゃんのことは大丈夫かな？」

結婚より先に子どもができたと知ったら、あまりいい顔はされないかもしれない。

そんな不安を口にしたら、彼は優しい目で私を見た。

「問題ない。うちの親も授かり婚だったらしいし。次はすみません。お兄さんに証人欄にサインしていただきたいのですが」

怜が笑顔で頼むと、兄は快諾した。

「喜んで」

私がペンを渡したら、兄は一字一字丁寧に書いていく。

書き終わった兄は、怜に向かって深々と頭を下げた。

「雪乃のことよろしくお願いします」

「お任せください」

怜が兄の両手を取って微笑んだ。そんなふたりを見て美久さんが私に声をかける。

「雪乃ちゃん、おめでとう。よかったわね」

「美久さん、ありがとう」

その後、ホテル内のイタリアンレストランで四人で食事をしたが、とてもほのぼのとした雰囲気だった。

「仕事をしてる時の雪乃ちゃんってどんな感じなんですか？」

美久さんが尋ねると、怜は口元に笑みを湛《たた》えながら答えた。

「肝っ玉母さんみたいな感じで、みんな頼りにしてます」

「ちょっ、私そんなんじゃない！」

ギョッとして思わずペシッと怜の腕を叩いたら、彼が悪戯っぽく笑った。

「冗談だよ。美人で有能で、社内の男性社員の憧れの的です」

「それも嘘よ」

じっとりと彼を見て否定したが、美久さんはニコニコしながら頷いた。

「それは納得よ。ね、海？」

「ああ。そうだな。かわいい自慢の妹だし」

兄も悪ノリしたので、上目遣いに睨んだ。

「もうお兄ちゃんまでやめて」

「いや。本当にそうだから」

兄が真顔で言って、美久さんもにこやかに相槌を打つ。

「そうそう。高校の時、いつも海が言ってたの。うちの妹かわいいから変な虫がつかないか心配だって」

そんな話は初めて聞いた。ちょっと年が離れていたから接する時間はあまりなかったけど、兄は私のことを大事に思っていてくれたんだ。

「僕は悪い虫じゃないといいんですが。かわいい妹さんをもらってしまってすみません」

怜が茶目っ気たっぷりに言って、ハハッとみんなが笑う。

悪阻も治っていたし、とても楽しい時間だった。

食事を終えると一度家に帰って着替え、荷物をまとめてホテルに戻った。

そして、今私は彼が泊まっている部屋にいる。

ツインルームで普通のビジネスホテルより広く感じる。ベッドの他にソファセットとスタイリッシュなテーブルが置かれていた。

怜が私のスーツケースを部屋の隅に置いて確認する。

「荷物ってスーツケース一個だけだけど、寮を引っ越した時の荷物はどうした？」

「家具は備えつけだったから、服とか本しかなくて東京でトランクルーム借りて預けてきた。引っ越す時は松本と結婚する気はなくて、東京に戻るつもりでいたの」

私の説明に彼は小さく相槌を打つ。

「なるほどね」

「恵子さんのところに行こうと思ったけど、松本の件が片付いたら怜に会って許してもらおうと思った」

ドア付近のベッドに腰を下ろす私の顔をジッと見て彼は不満げに言う。

「本当は福井に帰る前に話してほしかったな」

「ごめん」

怜の目を見て謝ったら、彼がニコッと笑って私の頭を撫でた。

「でも、松本親子に怯まずちゃんと結納断ったのは偉かった」

「この子のためにも頑張らなきゃって気持ちが強かったの」

まだ平らな自分のお腹に手を当てたら、彼が私の手に自分の手を重ねてきた。

「もうひとりで頑張らなくていいよ」

彼の手がとても温かい。

お腹の子にも彼がお父さんだって伝わったらいいな。

「ありがとう」

嬉しくて笑みを浮かべたら、彼はもういろいろ先のことを考えていた。

「東京に戻ったら、婚姻届を役所に出して婚約指輪と結婚指輪買いに行こう」

「え？　指輪？　そんないいよ。お金もったいない。ただでさえうちの実家の借金の件で怜に迷惑かけてるのに」

今日お昼を四人で食べた時に、松本の借金については、怜が弁護士を立てて処理するという話になった。

数千万も彼に借りてしまって本当に申し訳ない気持ちでいっぱいだ。

「婚姻届を出せば、嫁の実家になるんだけど。もう他人じゃなくなる。それに家の借金と指輪は別問題」

「でも……悪いよ」

私がごねたら、彼を纏う空気が変わった。

「指輪断られる方が凹む。男の沽券《こけん》にかかわるんだけど」

不機嫌そうにスーッと目を細める怜の顔が怖い。

「指輪まで気をつかってもらってごめんね」なんて言ったら、多分もっと機嫌が悪くなるだろう。

「ありがと」

素直に礼を言う私を見て、彼は満足げに微笑んだ。

「俺、結婚指輪したら渡辺に見せびらかすのを楽しみにしてるんだ」

男の人も結婚指輪するのが嬉しいというのを意外に思った。女の人に付き合って渋々つけるようなイメージがあったのだ。

父が結婚指輪をしているのも見たことがない。だが、彼は違うのか。

それに……。

「どうして渡辺くん？」

首を傾げる私を見て彼は意地悪く微笑む。

「あいつが毎年俺に雪乃の義理チョコ自慢げに見せびらかしたから」

子どもっぽい理由を聞いて、思わず笑ってしまった。

「ただの義理チョコなのに」

「俺はその義理チョコでさえもらえなかったけど」

拗ねる彼に義理チョコを渡さなかった本当の理由を話した。

「あの……本当は毎年怜に本命チョコ作ってたの。勇気がなくて渡せなくて、毎年自分が食べて処理してた」

私のぶっちゃけ話に、怜が一瞬固まった。

「なにそれ？　渡してくれればよかったのに」

そんな簡単に言わないでほしい。

同期で上司でもある彼に告白なんてそう易々とできるものではない。

「今までの関係崩すのが怖かったし、迷惑に思われたら嫌だったの。好きな女の子以外にもらう本命チョコなんてすごく厄介だもの」

男性の気持ちを考えて言ったつもりなのだけれど、なぜか彼にツンと頭をつつかれた。

「こらこら勝手に自己完結するなよ。俺、雪乃に告白されてたら、ちゃんと付き合ってた」

「そうかな？　だってずっと一緒に仕事して怜にアプローチされたことまったくなかったよ」

疑いの眼差しを向けたら、彼はやれやれといった顔で軽く息を吐いた。

「俺の立場でホイホイ同僚口説くわけにいかないだろ……って、喧嘩《けんか》したいわけじゃないんだけど」

急にハッとした表情になって、怜はクスッと笑いながら私の額にコツンと自分の額を当てる。

「そうだね」

私も反省しながらそう返したら、彼が謝った。

「ごめん。俺が同僚だって線引きせずにグイグイ攻めればよかったんだよな。そう言えば、俺がバレンタインに摘んだチョコクッキーって、ひょっとして本命チョコだった？」

　彼が思い出したように私が作ったチョコクッキーの話を出してきたので、ニコッと笑って認めた。

「うん。偶然にも怜が食べてくれた」

「あのバレンタインが運命の分かれ道だったのかもしれない。……考えてみたら、雪乃から好きだって聞いたことがないな」

　話の雲行きが怪しくなってきてあたふたする。

「そ、それはもうわかるでしょう？」

　今さら告白なんて恥ずかしい。

　すでに身体も重ねているし、自分の気持ちを言葉にするのは苦手だ。

　だが、怜は引かない。

「いや、全然わからない。俺のことどう思ってる？」

　意地悪く目を光らせる彼を上目遣いに見た。

「怜ってドSだよね」

「渡辺にはよく言われるけど、話をごまかさないように。さあ、聞かせてもらおうか。

俺のことどう思ってる？」

私の頬を両手で挟んで答えを求める彼。

もう逃げ場もないし、はぐらかすこともできない。

「……好きです。多分、入社して一緒に仕事をするようになってからいつの間にか怜しか見えなくなった」

観念して正直に自分の気持ちを打ち明けたら、彼は破顔した。

「そうだったんだ？　俺は最終面接で会った時から雪乃のことが気になってて、同じ部に配属された時は嬉しかった。綺麗な子だなって思ってたから」

「怜がそんな風に思ってたなんて意外」

「俺も男なんで魅力的な子がいればときめいたりするんだよ。今だって、キスしたくてたまらない」

怜が私の頭を掴んで唇を重ねてきた。

今ではよく知ったその唇。

でも、罪悪感を抱かずにキスできるのは初めてで、幸せを感じずにはいられない。

もう好きだって気持ちを隠す必要はないんだ。

怜の首に腕を回してキスに応える私に、彼が口早に言った。

「口開けて」
言われた通りに口を開けたら、彼の舌が入ってきた。
舌を絡ませ激しくキスをする彼。
怜が私を欲しているのがわかるし、彼の思いも伝わってくる。
愛していると――。
唇が触れ合うだけなのに、こんなにも幸せで満たされるのはなぜだろう。
「もう絶対に離さない」
怜は私の目を見てそう告げると、今度は甘く口づけた。
今、私は彼の腕の中にいる。
これは夢ではない。
現実――。
その夜は、幸せな気持ちで彼の腕の中で眠った。
次の日、怜と東京に戻ると、そのまま彼の実家に挨拶に伺った。
彼と話し合って、妊娠のことは安定期に入るまでは言わないことにした。
妊娠初期はいろいろと危険もあるから彼のご両親を心配させてもいけないと思った

のだ。

社長の家とあって三階建ての豪邸でお手伝いさんまでいて、すごく不安だったのだけれど彼のご両親は温かく迎えてくれた。

「やあ、いらっしゃい」

「移動で疲れたでしょう？」

そんなご両親に怜は釘を刺す。

「ああ。すご～く疲れてるから質問攻めにしないように」

「それじゃあ、早速ご飯にしましょう。お腹空いてるわよね？」

彼のお母さんが気を利かせて食事の提案をする。

ミディアムヘアで背格好は私くらい。上品で優しそうなお母さまだ。

怜は顔は社長に似ているけれど、笑った顔はお母さまにそっくり。

十二畳くらいのダイニングに通されると、六人掛けのテーブルがあって、すでに鍋の準備がされていた。

「さあ座って」

怜のお母さまに声をかけられたが、「手伝います」と申し出たら、とびきりの笑顔で断られた。

「大丈夫よ。主人と怜がやるから。私、料理が苦手でね。うちでは男性陣の方が料理がうまいの。だから座って待ってましょう。今日はきりたんぽ鍋よ」

「美味しそうですね」

にこやかに返したら、インターフォンが鳴って修二さんが現れた。

「やあ。兄貴これ。お義姉さんの好きないちご」

紙袋を社長に手渡す修二さん。

それを見て自分も手土産を持って来たことを思い出した。

「あっ、私も」

紙袋から包装紙に包まれた箱を取り出して、怜のお母さまに手渡す。

「地元の有名店の手作りクッキーです。怜さんからクッキーがお好きだと伺っていて」

頭の中で何度もシミュレーションしたのに、マニュアル通りの流れじゃなかったから手土産をお渡しするのを忘れていた。

「あら、まあ、ありがとう。後でいただきましょう」

怜のお母さまは私の粗相に気を悪くした様子もなく、笑顔で受け取る。

お嬢さま育ちなのかおっとり系だ。

「雪乃ちゃん、数日前に会った時よりかなり顔色がよくなったな」

修二さんが私に目を向け、柔らかな笑みを浮かべる。

「ご心配おかけしてすみません。もう大丈夫ですから」

明るく笑ってみせると、怜が私の肩に手を置いた。

「修二さんには借りができちゃったな」

「お前が社長になったら、クルーザーでも買ってもらうからいいよ」

ニヤリとする修二さんに怜が突っ込んだ。

「それは要求しすぎ」

「三人とも仲がいいのね。修二くんがね、『怜は雪乃ちゃんにぞっこんだから、応援してやってくれ』って。うちの子よろしくお願いするわね」

私の目を見てふふっとお母さまが笑えば、キッチンにいる社長も私の方を向いてとても温かい目で微笑んだ。

「私からも頼むよ。怜を支えてやってくれ」

「こちらこそ、不束者《ふつつかもの》ですがどうぞよろしくお願いします」

恐縮しながらふたりにペコリと頭を下げる。

美味しい鍋を堪能した後は、お母さまが「そうだ。怜の小さい頃の写真見ましょうよ」とアルバムを見せてくれた。

一歳から三歳までは怜はいつも熊のぬいぐるみを抱いていて、しかめっ面で写っている。

「小さい頃は泣き虫で、このぬいぐるみがないと寝なくてね。幼稚園にも持って行くって言って大変だったの。ねえ、怜」

おもしろそうにお母さまが目を光らせたが、怜はクールに返した。

「子どもなんてみんなそんなものだよ」

ふたりのやり取りを聞きながらアルバムを見るが、しかめっ面でも怜がとてもかわいかった。

「怜って、生まれた時から今みたいな感じだと思った」

彼をチラリと見てそんなコメントをしたら、もっと説明を求められた。

「なに？　今みたいな感じって？」

「完璧主義者で大人な感じ」

私の返答に怜は苦笑いする。

「そんな子どもがいたら怖いよ」

「でも、お前小学生の頃は今と変わらなかったぞ。リーダーの素質があって、どこか達観してて」

修二さんの話に社長が大きく頷く。

「ああ。中身はおじいさんかと思ったよ」

その社長のコメントにみんな大笑い。

終始そんな和やかな雰囲気で、楽しい時間を過ごした。


一カ月後、私はプリンセスラインのウェディングドレスに身を包み、教会の中にある花嫁の控室にいた。

今日は私と怜の結婚式。

すでに入籍を済ませていて、私の名前は沖田雪乃に変わっている。

私をずっと苦しめてきた松本は、父親と一緒に私への暴行事件とは別に脱税容疑で検察の取り調べを受けている。ようやく悪夢から解放され、幸せな日々——。

「雪乃先輩、とっても綺麗です！　結婚おめでとうございます」

「山本さん……じゃなかった。雪乃さん、おめでとう。沖田が見たら惚れ直すよ」

亜希ちゃんと渡辺くんの言葉を聞いて笑みがこぼれる。

「きっと亜希ちゃんも綺麗だと思うよ」

そんな返しをしたら、亜希ちゃんと渡辺くんはポッと頬を赤くした。

実は、三月の終わりくらいからふたりは付き合い出した。沖田大明神のご利益かもしれない。

「もう雪乃先輩、からかわないでくださいよ。そろそろ時間だから席に行って待ってますね」

腕時計を見て告げる彼女にコクッと頷く。

「うん」

ふたりが控室を出ていくと、コンコンとノックの音がしてお兄ちゃんと美久さんが入ってきた。

「雪乃ちゃん、これから始まるって」

「父さんも準備できたから」

ふたりに声をかけられて笑顔で返事をする。

「はい」

当初、この式に父は出席しないはずだったのだけれど、怜が何度も福井に通って説得し、父もついに折れた。

礼拝堂のドアの前には父がいて、ジッと正面を見据えている。

その表情は少しムスッとしている。いや、そもそもにこやかな父を見たことがないから、これが普通の状態か、緊張で顔が強張っているのかもしれない。

兄夫婦も礼拝堂の中に入ってしまい、入場までの時間父となにを話していいのか迷った。

とりあえず「お父さん、式に出てくれてありがとう」と話しかけたら、父はぶっきら棒に返した。

「一回だけだぞ」

その言葉に胸がいっぱいになる。

「はい」

父なりに私たちの結婚を祝福してくれているのかもしれない。

父とはいろいろあったけれど、怜と一緒に話をして和解した。私は半分諦めていたのだが、怜が根気強く父を説得してくれたのだ。

しばらくすると、結婚行進曲の音楽が聞こえてきてドアが開いた。

祭壇の前にはダークグレーのタキシード姿の怜。モデルのように決まっていて、カッコいいのは知っていたが、ついつい見入ってしまう。

来賓席には竹下常務もいて目が合った。

身内とごく少数の友人たちを招いた内輪だけの式。

親しい人たちに見守られながら父の腕に手をかけて一歩一歩バージンロードを歩いていく。

祭壇の前まで行くと、父が「雪乃を頼む」と告げて怜が満面の笑顔で応じた。

「一生大事にします」

もうすでに結婚はしているけれど、その約束を聞いて涙がこぼれそうになる。

だが、ここで泣いては化粧が台無しになってしまう。

上を向いて涙をこらえる私に怜が声を潜めて言った。

「そんなに綺麗だと、式の間雪乃に手を出さないでいられるか自信がないな」

彼の冗談に涙が引っ込む。

「そこは自制してください」

私が小さく笑うと、彼も愛おしげに私を見て微笑んで……。

その日、私たちは改めて神の前で永遠の愛を誓った——。

The end.

特別書き下ろし番外編

末永くよろしくお願いします

「あ、あれ？　届かない」

家に帰宅してすぐに寝室でワンピースを脱ごうとしたが、背中のファスナーを下ろせなくて身をよじった。

「え？　着る時は手が届いたのに、なんで？」

手を伸ばしてもがいているうちに身体が前のめりになり、床が目の前に迫ってきた。

「あっ！」

倒れる！

咄嗟に手をお腹に回して受け身を取ったら、タイミングよく怜が寝室に現れ、私を抱きかかえた。

「危ない！」

倒れずに済んで「ふーっ」と息を吐くと、彼もホッとした顔で私に目を向けた。

「ひやっとした。なにかに躓いた？」

「ごめん。ファスナーに手が届かなくてよろけちゃった。着た時はぎりぎり手が届いたんだけどな」

お腹を撫でながら怜に謝ったら、彼も愛おしげに私の手の上からお腹を撫でた。

「俺がいてよかったよ。食べた分お腹が膨れて服がキツくなったんじゃないか？」

「今日、調子に乗って食べちゃったから」

怜の指摘に苦笑いする。

臨月ということもあって、今夜はふたりの思い出づくりも兼ねてフレンチを食べに行った。

その後少し散歩をしたのだけれど、十一月ということで夜はグッと冷え込んで早々に切り上げて帰宅。

運動も大事だが、風邪を引いてはもとも子もない。出産予定日は数日後だ。

もう男の子だと性別はわかっていて、ふたりで相談して名前も決めた。

太陽のように明るく育ってほしいと願い、〝陽《よう》〟と名づけるつもりだ。

ベビー服や出産の準備は終わっていて、あとは無事に赤ちゃんが生まれてくるのを待つだけ。

だが、子どもが生まれればゆっくりディナーなんて当分できなくなる。

ふたりで過ごす時間もあとわずかだ。

「雪乃はいっぱい食べて出産の体力つけてもらわないと。妊婦なのに細いんだから。子どもを産んだら倒れるんじゃないかって心配になる」

怜がすごく不安そうな顔をするので、思わず笑ってしまった。

「それはないよ」

「その自信がどこからくるのか知りたい」

スーッと目を細めて私を見る彼の腕を撫でて宥めるように言った。

「うちは太らない家系なの」

妊娠したら太るかと思っていたのだが、臨月になっても体重は平常時より三キロ増えただけ。

お腹も臨月にしては小さく、コートを着ていると妊婦に思われない。

「とにかく無事に赤ちゃんを産んでくれないと。身体すっかり冷えちゃったな。風呂に入ろう」

怜が私の手を引いてバスルームに連れていく。

「ファスナーさえ下ろしてくれればひとりで入れるから。怜は仕事の確認だってあるでしょう？」

怜を気遣ってそう言うが、彼は首を縦に振らなかった。

「俺の楽しみを取るなよ。この姿を見るのもあと数日なんだから」

脱衣場でワンピースのファスナーを下ろして脱がし、彼はキャミソール姿になった私をまじまじと眺める。

「あんま見ないで。恥ずかしい」

両手で胸を隠して身体をもじもじさせたら、彼は楽しげにふっと微笑した。

「どうして？　妊婦ってどこか神秘的でいいじゃないか」

怜は私の下着を素早く脱がせると、自分も服を脱ぎ、私を連れ浴室に入る。

彼とは最近毎日のようにお風呂に入っている。

口には出さないが、私がひとりで入浴して足を滑らせないか心配なのだろう。

私が妊婦というのもあるけれど、彼は過保護だから。

「もういい加減見慣れたでしょ？」

少し呆れ顔で言うが、とびきりの笑顔で否定された。

「いや、全然。ほら、座って」

言われるまま椅子に腰かけると、彼がシャワーの温度を確認し、まず私の腕にシャワーをかけた。

「温度、熱くないか？」

「うん。ちょうどいい」

ニコッと笑って返事をすると、彼は私の頭に触れた。

「髪洗うから目を瞑《つむ》ってて」

私が目を閉じると、怜は慣れた手つきでシャンプーとトリートメントをする。

美容院もそうだけど、人に髪を洗ってもらうのはとても気持ちがいい。

髪を洗い終えると次は身体。

泡状のボディーソープを手にたっぷりつけ、私の右腕から洗い出す。

最初に身体を洗われた時は、恥ずかしさとくすぐったさで「きゃー、きゃー」と悲鳴をあげていたが、さすがに今は慣れた。

私に触れる怜の手が優しくて心地いい。

「ねえ、常々不思議に思ってたんだけど、どうしてスポンジ使わずに手で洗うの？」

「今さらだな。手で洗うと身体の変化がわかるし、雪乃の肌を傷つけないから。それに、俺が直接触れたいってのもある」

怜がニヤリとして私の胸に手を這わせてきて、思わず声をあげた。

「あっ……ん。ちょっ……感じさせなくていいよ。妊婦に刺激与えないで」

「適度な刺激は陣痛を促していいんだよ。もう臨月だし、いつ生まれてもいい」

怜が脇腹から胸へと指を滑らせてきて快感に身悶《みもだ》ええする。

「あっ……ダメ。いつから……お医者さんになったの！」

「雪乃の妊娠知ってから、ずっと妊婦の勉強してきたからね。へたな医者より知識あるかもしれないな」

冗談っぽく言っているが、暇な時は本当に出産や育児の本を彼は読み漁っていたのでまんざら嘘でもない。陰ながら努力して学ぼうとするところが怜らしい。

「大した自信……んん！」

クスッと笑ったら、彼が顔を寄せて私に口づけた。

その柔らかな唇に身体が蕩《とろ》けそうになる。

私の唇を堪能すると、彼は舌を絡ませてきた。

キスをすると心も繋がった気がするのはなぜだろう。

愛してる。

誰よりも大事だ。

彼のそんな思いが伝わってくる。

キスはさらに情熱的になり、向き合って彼の首に手を巻きつけた。

こうして彼と触れ合える幸せ。

今は怜が私の隣にいるのが当たり前だけれど、会社を辞めるまでは彼から離れることしか考えられなかった。

すごく遠い昔の出来事に思えるが、まだ一年も経っていない。

怜が私を離さなかったから、私も彼との未来を望んだから今がある。

お腹の子は怜と私の大切な宝物だ。

キスを終わらせると、怜がクスッと笑った。

「あのバレンタインの夜に比べたら、雪乃、すごくキスがうまくなった。終わらせるのが難しい」

「先生がいいからですよ」

私の返答に、彼が悪戯っぽく目を光らせた。

「いつも愛を込めてキスしてるからね」

ふたりの甘〜い時間。

バスタイムを楽しんだ後は、寝室のベッドでまったりタイム。

キングサイズのベッドの隣にはベビーベッドが置いてあって、いつ子どもが生まれても準備は万全だ。

枕を背にしてニュースを見ていたら、横でタブレットでなにやら調べ物をしていた怜がボソッと呟いた。

「あっ、これいいな」

「え？　なにが？」

タブレットを見ると、電動鼻水吸引器が映っていた。

「この吸引器そんなにいいの？」

吸引器なんて全然関心がなかったから少々驚いた。

「子どもってよく鼻水出るし、それで寝付きが悪くなるらしいから一台あるといいかも」

いつも先のことを考えている彼に感心する。

「そう言えば、結婚している友達がよく子どもを耳鼻科に連れていって鼻水を吸引してもらうって話してた」

「今のうちに買っておこう」

怜はそう言って購入ボタンをタッチした。

最近、毎晩彼はこんな風にベビーグッズを買い漁っている。

高い物でも悩まず即決してしまうところはやっぱり御曹司だ。

「そのうち屋内用のジャングルジムとか買いそう」

家の中にジャングルジムって聞いて引いてしまうけど、結構置いてある家庭は多いらしい。

「うーん、そっちよりはまず家かな。子どもが大きくなると、やっぱり庭付きの家が欲しい」

この口振りだとすでに物件を探していそう。

家かあ。このマンションでも結構広い気はするけど、子どもを育てるなら一戸建ての方が理想的だもんね。

「確かにその方が伸び伸び遊べそうだね。私、小さい頃庭で泥遊びとかしてたし、母といちご育てて春に自分で採って食べてたよ」

私のそんなエピソードを聞いて怜は頬を緩めた。

「へえ、なんかその頃の雪乃見たかった。滅茶苦茶かわいかっただろうな」

「アルバムの写真見たらきっと笑うよ。お母さんの口紅を顔に塗りたくってひどい顔になってるのとか、転んでほっぺに大きなかさぶた作った写真とかあるの」

ふふっと笑う私の顔を彼はジッと見据えた。

「ほっぺたに大きなかさぶた？　今全然そんな痕ないけど」

「幼稚園くらいだったから痕が残らなかったのかも。かさぶた作った時は、お父さんに『これじゃあ嫁に行けないな』って渋い顔で言われたよ」

苦い思い出を語る私の頬を怜が優しく撫でる。

「俺が嫁にもらったけどね」

「うん。もらってくれる人がいてよかった」

彼と目を合わせ微笑む。

「一年前だったら、今の生活信じられなかったな。たまに夢でも見てるんじゃないかって思う時がある」

深く考えずにそんな話をしたら、彼がテレビを消してタブレットをサイドテーブルに置き、真剣な顔で私を見つめた。

「俺は日々雪乃と結婚したんだって実感してるよ。家の中に女物の下着が干してあって、ブラってこんな風に干すんだって思ったり、家にピンクの小物が増えてたり」

真面目な話かと思ったら違った。

「真顔で冗談言わないで」

怜がビックリする顔を想像してククッと笑ってしまう。

「他にもある。これが一番大事なんだけど、家に帰ると雪乃が『お帰りなさい』って出迎えてくれる」

極上の笑顔で語る彼の言葉に胸がジーンとなった。

「怜……」

「雪乃はどんな時俺と結婚したんだって実感する？」

怜に優しく問われ、顎に手を当てながら考える。

「結婚を実感……ん〜、怜の洗濯物干す時とか、蜘蛛《くも》がいたら怜が対応してくれるとか……あと、朝起きたら目の前に怜の顔があった時、幸せな気持ちになる」

「それは俺も同感」

怜は私の頬に手を添えてチュッと口づけると、お腹に触れてきた。

「この子が生まれたら、その泣き声でパパになったんだって実感するんだろうな」

「うん。もうすぐパパとママになるんだね」

私も彼の手に自分の手を重ねて、愛おしげにお腹の子に話しかけた。

「陽、元気に生まれてきてね」

四カ月後――。

「陽、パパの方見て」

一眼レフを構えた怜が和柄の袴を身に着けた生後四カ月の息子に呼びかける。

生まれた時から陽の髪はふさふさで、目もパッチリしているから、見た目は月齢よりも大きく見える。

怜のミニチュア版というくらい、息子は目も鼻も口も夫に似ていて、私に似ているところと言えば、淡い茶色の髪くらい。

育児は大変だけれど、怜がしっかりサポートしてくれるし、毎日がとても幸せだ。

私と怜は息子を連れて山梨の旅館にやってきた。

以前怜に連れてこられて私が高熱を出してしまったあの宿だ。

今日は息子のお食い初《ぞ》め。

午前中は旅館の近くの神社に行ってお宮参りをしてきた。

帰ってからお昼寝をいっぱいしたので、息子も機嫌がいい。

私と陽の前には鯛《たい》の尾頭つき、赤飯、お吸い物、煮物、香の物、そして歯固めの石が置かれている。

「雪乃笑って」

息子を抱いて箸を持っている私に怜が微笑む。

カメラを見つめてにっこりと笑うと、彼がシャッターを切った。

「おっ、ふたりともいい笑顔」

撮った画像を怜がすぐに確認してニコッとする。

今日だけで何枚写真を撮ったのだろう。

このカメラは出産前に買ったのだけれど、ことあるごとに彼が陽の写真を撮っていて、リビングの壁は今は息子の写真で埋め尽くされている。

親子三人でお食い初めを無事に終えると、部屋にある露天風呂に家族で入り、授乳を済ませた。

朝からお宮参りをして疲れていたのか、陽は午後八時過ぎに寝てしまった。

もう夜ぐっすり寝る習慣はついていて、一度寝てしまえば朝まで起きない。

陽が寝るとすぐに仲居さんが食事を持ってきてくれた。ふたりでゆっくり食べられるよう怜が旅館に頼んで食事の時間を遅らせてくれたのだ。

今回も夕食に甲州牛のしゃぶしゃぶが出されていてテンションが上がる。

「これ食べたかったんだ」

私がはしゃぐのを見て怜が小さく笑った。

「今夜はリベンジだな」

「前回来た時は熱出して食べられなかったから嬉しい」

あの時はすごく辛かったけど、今はそれもいい思い出だ。

「俺の分もあげようか？」

牛肉が乗った皿を彼が手に取ったので、頭を振って断った。

「そんなに食べたら牛になっちゃうよ」

「そう言えば、前回は豚になるって言ってた」

「私は大丈夫だから怜もしっかり食べて。怜だって前来た時料理を堪能できなかったんだから」

そんな会話をしながら夕食を食べ始める。

陽がすやすや寝てくれるから、最近は怜と一緒に食事ができるようになった。

息子が生まれた頃は、夫婦バラバラで食べていて、食事を楽しむ余裕なんてなかったな。

三時間おきの授乳は大変で、睡眠時間もあまり取れなくていつも寝不足だった。

今は寝かしつけなくても、陽は電池が切れたみたいにパタッと寝る。

きっと起きている時はいっぱいなにかを吸収しているんだと思う。

大きくなったらどんな子になるんだろう。息子の成長が楽しみだ。

元気なのが一番だけど、欲を言うなら怜のような素敵な男性になってほしい。

美味しそうにしゃぶしゃぶ肉を咀嚼する夫をジーッと眺めていたら、彼がクスッと笑った。

「なに？　やっぱり俺の肉も食べたかった？」

「違う！　陽も怜みたいにカッコよく育ってくれたらいいなって思ってたの」

ムキになって否定する私の言葉を受けて、怜は極上の笑みを浮かべた。

「それはそれは。愛する妻にはずっとカッコいい夫って言われるよう俺も頑張るよ」

「私も怜に愛想つかされないように素敵な妻を目指すね」

出産後は髪はボサボサでいつもヨレヨレのルームウェアを着ていて、傍から見たらくたびれたママにしか見えなかっただろう。

怜はなにも言わなかったけれど、呆れていたはず。これからは身綺麗にしよう。

「いやいや。雪乃に頑張られると困る。それ以上色っぽくならないでほしい。安心して会社に行けない」

真剣な顔で反論されたが、苦笑いしながら言い返した。

「全然色っぽくないよ」

あれだけだらしない姿を見せてしまったのだ。できれば夫の記憶を消してしまいたい。

「この間渡辺がうちに来た時、出産して雪乃がさらに綺麗になったって言ってた」

怜が渡辺くんの話を持ち出すが、本気にしなかった。

「それはお世辞でしょう？　渡辺くん優しいし、奥さん劣化したなんて絶対に言わないよ」

「わかってないな。あいつ、容姿に関しては見る目厳しいんだよ。だから、かわいい嫁さんもらったじゃないか」

「そう言われると、亜希ちゃん美人だもんね」

渡辺くんと亜希ちゃんは先月結婚した。

ふたりの式に招待されたのだが、ウェディングドレスを着た彼女に渡辺くんはデレデレだった。

「そういうわけで、なにも頑張らなくていいから」

「こらこら、結論勝手に出さないでよ。私、今のままだと本当にマズいから」

ママ友にだらしない女だと見られたくないし、夫にも女捨ててると思われたくない。

「自己評価低すぎ。ヨレヨレのジャージ着てても雪乃は美人だから」

「ヨレヨレのを着てるのは認めてるじゃないの」

「雪乃のそういうの、かわいいなあって思う。会社にいた頃はいつもキチンとしてたから。だから、無理しなくていいんだよ。ほら、せっかくの料理が冷める」

箸を止めたままの私を怜が注意する。

「あっ、そうでした！」

せっかくのリベンジが台無しになる。

しゃぶしゃぶ肉を慌てて口にする私を見て、彼は温かい目で微笑んだ。

「俺にとって大事なのは、雪乃が元気で一緒にいてくれること。末永くよろしく頼むよ、奥さん」

その言葉を聞いて、五十年後もこうやってふたりで食事をしている光景が目に浮かんだ。

そうだね。元気で一緒にいる。

それが私の……ううん、わたしたち夫婦の幸せ。

「こちらこそ、末永くよろしくお願いします」

笑みを浮かべながら言葉を返したら、夫は私を愛おしげに見て微笑んだ。

The end.

うちの両親　―　陽side

「陽～、試験終わったし、このあとクラスの女子たちとカラオケ行かねえ？」

悪友の亮介《りょうすけ》が俺の肩に手を置いて誘ってきたが、素っ気なく断った。

「俺は先約があるからパス」

期末テストが終わって今日は四時間で帰れるから、遊んで帰る生徒が多い。

「え？　ひょっとして彼女とデートとか？」

驚いた顔で亮介が聞き返してくる。

ストレートの黒髪に鋭角な顔立ちをしていて一見硬派に見えるが、こいつは結構チャラい。特定の恋人を作らず、毎回違う女の子と遊んでいる。

亮介の言葉を聞いて周囲にいた女子も「え～、沖田くんに彼女？」と言って騒ぎ出す。そんな反応をうざいと思いながら、ニコッと笑って答えた。

「まあ、デートと言われたらデートかな」

相手は母さんだけど。

「嘘？　マジでお前彼女できたの？」

亮介が目を大きく見開いて俺の両腕をガシッと掴むと同時に、女子たちの「キャ〜」という黄色い悲鳴があがった。

ホント、煩い。

俺は沖田陽、十六歳。高校一年で都内でも屈指の有名私立校に通っている。

背は父親に似て百八十センチと高く、髪の色は母親譲りの淡いブラウンで、外国人と間違われることもたまにある。

顔は自分でもあまり認めたくないけれど、父親と瓜ふたつ。目立つ容姿をしているせいか女子に騒がれるが、本気で俺を好きだという子はいないんじゃないかと思う。

「いや、彼女なんていない」

淡々と答えたら、亮介がギョッとした顔で俺を見た。

「じ、じゃあ、彼氏か？」

「バーカ。なんでそうなるんだよ」

パシッと彼の頭を叩いて校門を出ると、白いカシミヤのコートを着た母が立っていた。

四十歳を過ぎているのに、見た目は大学生。

父が言うには、俺を産んだ時とあまり容姿が変わっていないらしい。

「なんだ。やっぱり彼女じゃないか。こんな美人、どこで知り合ったんだよ」

母を見て俺の腹部を亮介は肘でグリグリ押してくる。

「十六年前から知ってるよ」

ふっと笑みを浮かべる俺を見て、こいつはポカンとした顔をした。

「へ？　十六年前？」

「ねえ、陽のお友だち？」

俺と亮介のやり取りを見ていた母が楽しそうに目を光らせる。

「ああ。これは小池《こいけ》亮介」

悪友を指差して母に紹介したら、亮介が苦笑いした。

「こらこら物扱いすんなよ、陽」

「仲がいいのね。はじめまして。陽の母です」

軽くお辞儀をしながら笑顔で挨拶する母を見て、亮介は素っ頓狂な声をあげた。

「は、母〜！」

周りの女子たちもどよめいていて、思わず笑ってしまう。

まあ、母さんの見た目じゃビックリするよな。

「お母さん、ぜひ俺の恋人になってください！」

亮介が母の両手をいきなり掴んだので、慌てて彼の腕を外した。

「誰にでも見境なく告白するなよ。俺の父さんに抹殺されるぞ」

父は母を溺愛していて、他の男が母に触れたならその視線だけで抹殺できそうなほど怒るだろう。

面倒なことにはなりたくないので、亮介に反論する隙は与えずに母の腕を掴んだ。

「じゃあ、俺たち急ぐから。母さん、行くよ」

「あっ、うん」

母が戸惑いながら返事をするが、構わずこの場を離れ、電車に乗って銀座《ぎんざ》にあるブランド店に向かった。

母と並んで歩いていると、男たちの視線を感じる。

ひとりで歩いていたら絶対にナンパされているだろうな。

ブランド店に入ると、母を見やった。

「なに買うの？」

実は今日は父の誕生日で、プレゼントを買いにきたのだ。

「マフラーかな」

母の言葉を聞いて、ドア付近にいた店員に声をかけた。

「すみません。マフラー見せてもらえますか?」

店員の案内で二階の奥にある売り場へ向かう。

ショーケースには色とりどりのマフラー、ショール、手袋が並んでいる。

マフラーをすごく真剣な顔で見つめる母。

「お父さんのコート、ダークグレーだから、やっぱり黒とか紺が無難かしら。あのう、黒と紺ちょっと試したいんですけど」

二色選んで店員がショーケースから出すと、母は俺に目を向けた。

「陽、ちょっと合わせてみて」

「はいはい」

そう返事をして、店員からマフラーを受け取って胸に軽く当てる。

俺が連れてこられたのは、父と背格好が似ているからだ。

「うーん、悩む。どっちもいいけど、黒のが私の好み。陽はどう思う?」

顎に手を当てジーッと俺を見据える母に、優しく微笑んだ。

「俺も黒がいいかな」

「それじゃあ、黒にするわ」

母が割とあっさり決めたので驚いた。

「意外。もっと悩むかと思った」

「陽の意見聞けば間違いないから。お父さんと陽は好みが同じだもの」

父と同じと言われると、あまりおもしろくない。

「そうかな？　結構違うと思うけど」

「たまにどっちの洋服かわからなくて名前書きたくなるわ。ひょっとしたらお父さんの服が陽のクローゼットに混じっているかも」

母が茶目っ気たっぷりに笑うので、つられて笑ってしまった。

「母さん、それはさすがに俺気付くから」

「そう？　知らずに着てるかもよ。今日付き合ってくれたから、陽にもマフラー買ってあげる。どれがいい？」

「別にいいのに」

遠慮して断ったが、母は引かない。

「いいから、どれがいい？　お父さんのと色違いにする？」

「いや。こっちの別のデザインのにする」

あえて父のと違うデザインを選んだら、母に笑われた。

「そっちも悩んだの。お父さん好きそうだなって」

そのコメントに眉間にシワを寄せながら返した。

「あー、はいはい。認めるよ。父さんと好み一緒だって」

「私に似るよりいいと思うわよ。すみません、これください」

ニコニコ顔で俺に言うと、母は店員に声をかけて購入を決めた。

会計が済むのを待っていたら、制服のポケットに入れておいたスマホがブルブルと震え出した。スマホを確認すると、父からの着信。

母に「ちょっと電話」とスマホを見せ、この場を少し離れて電話に出る。

「なに？　どうかした？」

《お母さんに電話しても出ないんだけど、ひょっとして陽と一緒にいるかと思ってね》

「ああ、今一緒にいるよ。今日試験午前で終わったから、母さんとデート中」

わざと父が妬くような言葉を口にしたら、一瞬間があって、父は少しおもしろがるような声で返した。

《それはあとで詳細を聞かないとな》

「声がなんか怖いよ。で、母さんになにか言うことある？」

店員とやり取りしている母を見ながら尋ねると、父は予定があるのか口早に言った。

《今日は八時に修二さんの店に行けるって伝えておいてくれ。あっ、あと息子と浮気するなって》

ふっと笑うと、父は電話を切った。

母のところに戻ったら、なにやらウインドーに飾られているネックレスをジッと見ている。

ブランド店のロゴが入った割とカジュアルなダイヤのネックレス。

スマホで素早く商品を調べて、父にLINEする。

【このネックレス、熱心に見てたよ。今度プレゼントしたら？】

母はあまり物を強請《ねだ》らないから、父はいつもなにを贈るか結構悩んでいる。

「母さん、それ気に入ったの？」

俺が声をかけると、母は「ううん、別に。はい、これは陽の」と笑ってマフラーが入った紙袋を俺に手渡した。

「ありがと。誕生日でもないのに悪いね」

「いつも勉強頑張ってるから。今日のテストもバッチリできたんでしょ？」

母に聞かれ、にっこりと微笑んだ。

「まあね」

学校の成績はいい。要領がいいのもあるけれど、勉強は好きだから。

それは両親が勉強しろと煩く言わなかったからだと思う。小さい頃からなんでも自由にさせてくれた。

「頼もしいな。お母さんは今でもたまに数学で赤点取った夢見るわよ。数学だけが苦手だったの」

赤点の回答用紙を見てショックを受ける学生時代の母を想像し、自然と笑みがこぼれる。

「へえ、俺は数学好きだけどね。学生の頃の母さん見てみたかったな。ところで、さっきの電話父さんからだったけど、母さんスマホ忘れてきたでしょう？」

俺の言葉を見て、母がハッとした顔でバッグの中を探った。

「あれ？……ない」

母はしっかりしているように見えて抜けている。

「スマホはちゃんと携帯しようね。なにかあった時に連絡つかなくて俺と父さんが心配するから」

やんわりと注意したら、母は上目遣いに謝った。

「ごめん。肝に銘じます」

父が母を溺愛する気持ちがなんとなくわかる。

この人は守らないと……。

そう思ってしまう。

母がしゅんとしているので、紙袋からマフラーを取り出して話を変えた。

「母さん、マフラー巻いてくれない？」

「いいわよ」

ぱあっと笑顔になる母にマフラーを手渡す。

「なんだかこういうの久しぶり。ホント、大きくなったわね、陽」

母は少し背伸びをして俺にマフラーを巻く。その顔はとても嬉しそうだ。

「毎日母さんの美味しい手料理食べてるからね。そう言えばお腹空いたな。母さん、なにか食べよう」

ブランド店を出て、近くのイタリアンでランチを食べると、引き続き母の買い物に付き合い、午後八時前に修二さんの店へ――。

修二さんは父の叔父で、もう還暦に近いのだが、ダンディーでカッコよく女性にモテる。

夏はこの店でバイトさせてもらったこともあり、修二さんは俺にとってよき相談相手だ。

「やあ、いらっしゃい」

修二さんがにこやかに出迎えてくれて、母とカウンター席に座る。

今日は父の誕生日で貸し切りにしたのか、他に客はいない。

修二さんを交えて談笑していると、父がやってきて母の隣の席に腰を下ろした。

「待った？」

父に聞かれ、母が笑顔で「私と陽もさっき来たとこ」と答える。

母は父が来て嬉しそうだ。

父と母は夫婦というよりは恋人に見える。

まあラブラブということなのだが、嫌な感じはしない。

むしろそんなに愛せる相手がいて羨ましい。

「じゃあ、早速ですが、誕生日おめでとう。陽と一緒に選んだの」

母が父に紙袋を手渡すと、父は破顔した。

「ありがとう。なにかな？」

紙袋に入っていたマフラーを手に取り、父はすぐに首に巻きつける。

「どう？」

「うん。似合ってる。よかった」

ホッとした顔で微笑む母を見て、恋する乙女だなって思う。

今度は父がポケットからなにかを取り出して、母の首に手を回した。

「俺からもプレゼント」

父が母に贈ったのは、昼間俺がLINEで知らせたネックレス。

どうやら母の誕生日まで待てなかったらしい。

「え？ なんで？」

ネックレスを見て目をパチクリさせる母に父が種明かしをする。

「陽が雪乃がそのネックレス熱心に見てたって教えてくれたんだよ」

「そうなのね。ふたりともありがとう」

母が幸せそうに微笑んだところで、修二さんが食事を出した。

「今日は松阪牛《まつさかうし》のシャトーブリアンだ」

美味しい肉を味わいながら、両親に尋ねた。

「ねえ、父さんと母さんって会社の同僚だったんだよね？ どうやって付き合い出したの？」

俺の質問に母がゴホッゴホッと咳き込んだが、父が嬉々とした顔で語り出した。

「バレンタインの夜、母さんがひとりで残業してて強引にここに連れてきた。それが始まりだ」

「あ～、恥ずかしいからやめて」

顔を真っ赤にして父の腕を掴む母は、かなり動揺している。

だが、俺は構わず父と話を続けた。

「なるほど。父さんがグイグイ攻めたわけだ」

「まあね。福井まで追いかけていったし」

父の言葉を聞いて激しく狼狽えた母が、強引に話題を変える。

「あ～、あ～、そう言えば春休みに綾香《あやか》ちゃんがうちに遊びに来るって。陽、また面倒みてあげてね」

「綾香ね。はいはい」

淡々と返事をしたら、修二さんが突っ込んで聞いてきた。

「綾香って？」

考えてみたら、修二さんはまだ綾香に会ったことがないんだっけ。

俺が答えようとしたら、横にいた母が説明した。

「私の姪《めい》です。福井にいる兄の子どもで」

綾香は俺より二歳下で、長期の休みによく家に泊まりにくる。

母を小さくしたような感じで顔もかわいく、俺がひとりっ子ということもあって妹のようにかわいがっている。

「陽が心を許してる女、その二だよ」

楽しげに笑いながらそんな補足コメントをする父を見て、スーッと目を細めた。

「参考に聞くけど、その一って誰？」

「母さんだよ。今日デートしたんだろ？」

顔は笑っているが、俺を見据えるその目はオスの目。

息子でも妬くってどんだけ母さん好きなの？と突っ込みたくなる。

「嫉妬深い男は振られるよ」

意地悪く微笑んだら、父が反撃に出た。

「お前も言うね。もし、俺が綾香ちゃんとデートしたら、どんな反応するかな？」

「それは許可できないな」

綾香が父と一緒に食事をしている光景を想像して渋い顔をしたら、母に笑われた。

「そういうところ、ふたりともよく似てる」

「確かに」

修二さんも深く頷くものだから、俺と父は苦笑いした。

食事が終わると、ポケットから封筒を出して両親に渡した。

「温泉宿を予約したんだ。ふたりで週末行ってくれれば？　俺は今夜から修二さんとこ泊まるから」

封筒には温泉宿の宿泊券が入っていて、それを見た母が驚いた様子で俺に目を向けた。

「陽、嬉しいけど、よくそんなお金あったわね」

「バイトのお金使ってなかったから。夫婦水入らずで楽しんでおいでよ」

「陽、有り難く使わせてもらう。ありがとう」

父に礼を言われると、なんだかくすぐったい感じがする。

「俺がいないから、父さん、母さんを独占できるよ。よかったね」

ニヤリとしてそんな皮肉を口にすると、店を出る両親に手を振った。

両親がいなくなると、タバコを吸いながら修二さんが俺を見やった。

「いい息子だな」

「いい両親から生まれたからね」

面と向かっては言えないけれど、両親は俺の自慢だ。

全力で俺を守ってくれる。

「お前も結婚したら、怜みたいに奥さんを溺愛するだろうな」

「自分でも最近そんな気がするよ」

たったひとりの女を一生愛す。

それが沖田家の男。

修二さんと目を合わせて微笑んだ。

The end.

あとがき

こんにちは、滝井みらんです。今回のお話は懐妊もの。バレンタインデーの夜から始まる切なくて、甘いラブストーリーを最後までご堪能いただけたら嬉しいです。
さて、今日は怜さんと息子の陽くんに来てもらったんですよ～。

怜　沖田怜です。皆さん、こんにちは。
陽　陽です。こんにちは。ねえ父さん、母さんには元々許嫁《いいなずけ》がいて父さんが掻《か》っ攫《さら》ったって修二さんから聞いたけど、本当？
怜　ああ。許嫁っていうのが過去に母さんを襲おうとしたすごく悪い奴で、掻っ攫ったっていうよりは救出したんだよ。
陽　へえ、いろいろあったんだね。普通に恋愛結婚したんだと思った。授かり婚だとも聞いたけど？　そういうの父さん嫌がりそうなのに意外だな。
怜　母さんとの子ならできても構わなかった。むしろできた方が好都合だったんだ。雪乃、俺から逃げる気満々だったから。
陽　父さん、口調変わってるよ（笑）。

怜　悪い。雪乃のことだとついつい感情的になる。それにしても、あのバレンタインデーの夜に授かるなんて、雪乃ってやっぱり俺の運命の相手なんだろうな。
陽　息子の前で堂々と惚気《のろけ》ないでくれる？
怜　まあいいじゃないか。お前も大事な決断をする時は、よく考えろよ。
陽　わかってる。でも、俺の場合はちゃんと手順を踏むから大丈夫だよ。
怜　お前の場合は、紫の上育成計画着実に進めてるもんな。海伯父さんに、綾香ちゃん東京の大学行かせるなら、高校から東京の学校行かせた方がいいってアドバイスしたんだろ？　ホント、お前って策士だよな。誰に似たんだか。
陽　それはもちろん父さんだよ。

え〜、最後になりましたが、打ち合わせでいつも的確なアドバイスをくださる編集部の鶴嶋さま、山内さま、また、とっても美しいイラストを描いてくださったれの子先生、厚く御礼申し上げます。そして、いつも応援してくださる読者の皆さま、心より感謝しております。
この素敵なご縁がこれからも続きますように。

滝井《たきい》みらん

滝井みらん先生への
ファンレターのあて先

〒104-0031
東京都中央区京橋1-3-1
八重洲口大栄ビル7F
スターツ出版株式会社　書籍編集部　気付

滝井みらん先生

本書へのご意見をお聞かせください

お買い上げいただき、ありがとうございます。
今後の編集の参考にさせていただきますので、
アンケートにお答えいただければ幸いです。

下記URLまたはQRコードから
アンケートページへお入りください。
https://www.berrys-cafe.jp/static/etc/bb

この物語はフィクションであり、
実在の人物・団体等には一切関係ありません。

一晩だけあなたを私にください
～エリート御曹司と秘密の切愛懐妊～

2022年2月10日　初版第1刷発行

著　者　滝井みらん

発行人　菊地修一
デザイン　カバー　ナルティス
フォーマット　hive & co.,ltd.
校　正　株式会社　文字工房燦光
編集協力　山内菜穂子
編　集　鶴嶋里紗
発行所　スターツ出版株式会社
〒104-0031
東京都中央区京橋1-3-1　八重洲口大栄ビル7F
TEL　出版マーケティンググループ　03-6202-0386
（ご注文等に関するお問い合わせ）
URL　https://starts-pub.jp/
印刷所　大日本印刷株式会社

Printed in Japan

乱丁・落丁などの不良品はお取替えいたします。
上記出版マーケティンググループまでお問い合わせください。
定価はカバーに記載されています。

ISBN978-4-8137-1216-9　C0193

ベリーズ文庫 2022年2月発売

『身代わり花嫁は若き帝王の愛を孕む～政略夫婦の淫らにとろける懐妊譚～』　伊月《いづき》ジュイ・著

由緒ある呉服屋の次女・椿。姉が財界の帝王の異名を持つ京蕗と政略結婚をする予定だったが蒸発。家のため、身代わりとして子供を産むことを申し出た。２人は愛を確かめぬまま体を重ねるが、椿は京蕗が熱く求めてくる様に溺れてしまい…。跡継ぎ目的のはずが、京蕗は本物の愛を見せ始めて!?

ISBN 978-4-8137-1214-5／定価726円（本体660円＋税10%）

『凄腕パイロットの極上愛で懐妊いたしました～臆病な彼女を溶かす溺愛初夜～』　花木《はなき》きな・著

グランドスタッフとして働く恋愛不器用女子の菜乃。ある日、旅行で訪れた沖縄でパイロットの椎名と出会い、思わず心の傷を共有した２人は急接近！　菜乃は椎名の熱い眼差しにとろけてしまい…。その後、菜乃の妊娠が発覚。椎名はお腹の子まるごと独占欲を滾らせて…!?

ISBN 978-4-8137-1215-2／定価715円（本体650円＋税10%）

『一晩だけあなたを私にください～エリート御曹司と秘密の切愛懐妊～』　滝井《たきい》みらん・著

田舎の中小企業の社長令嬢である雪乃は都内で働くも、かねてからの許嫁と政略結婚を強いられ、ついに結納の時が来てしまう。相手は昔、雪乃を傷つけようとした卑劣な男。初めてはせめて愛する人に捧げたいと思った雪乃は、想い人である同期で御曹司の怜に、抱いてほしいと告げ、熱情一夜を過ごし…!?

ISBN 978-4-8137-1216-9／定価726円（本体660円＋税10%）

『S系敏腕弁護士は、偽装妻と熱情を交わし合う』　紅《くれない》カオル・著

両親を早くに亡くした菜乃花は、幼馴染で8歳年上のエリート弁護士・京極と同居中。長年兄妹のような関係だったが、ひょんなことから京極の独占欲に火がついてしまい…!?　京極は自身の縁談を破談にするため、菜乃花に妻のフリを依頼。かりそめ夫婦のはずが、京極は大人の色気たっぷりに迫ってきて…。

ISBN 978-4-8137-1217-6／定価726円（本体660円＋税10%）

『エリート心臓外科医の囲われ花嫁～今宵も独占愛で乱される～』　皐月《さつき》なおみ・著

伯父一家の養女として暮らす千春は、患っていた心臓病を外科医の清司郎に治してもらう。退院したある日、伯父に無理やりお見合いさせられそうなところを彼に助けてもらうが、彼にもある理由から結婚を迫られ…！　愛のない夫婦生活が始まるはずが、清司郎から甘さを孕んだ独占欲を注がれて!?

ISBN 978-4-8137-1218-3／定価726円（本体660円＋税10%）

ベリーズ文庫 2022年2月発売

ベリーズ文庫 2022年3月発売予定

Now Printing

『センチメンタル・プロポーズ～幼なじみ外科医と期間限定契約婚～』 宇佐木《うさぎ》・著

医師の父親をもつ澪は、ある日お見合いをさせられそうになる。大病院の御曹司で、片想いしていた幼なじみ・文尚にそれを伝えると、「じゃあ、俺と結婚する？」と言われ契約結婚することに！　愛のない関係だと自分に言い聞かせながらも、喜びを隠せない澪。一方、文尚も健気でウブな澪に惹かれていき…。

ISBN 978-4-8137-1231-2／予価660円（本体600円＋税10%）

Now Printing

『冷徹弁護士、パパになる～甘くとろける再会婚～』 宝月《ほうづき》なごみ・著

スクールカウンセラーの芽衣は、婚活パーティで弁護士の至と出会い恋に落ちる。やがて妊娠するも、至に伝える直前に彼の母親から別れを強要され、彼の前から消えることを選ぶ。1人で子を産み育てていたある日、至と偶然再会し…！　空白の時間を埋めるように、彼から子供ごと一途な愛で抱かれて!?

ISBN 978-4-8137-1232-9／予価660円（本体600円＋税10%）

Now Printing

『深愛　敏腕ドクターは妻と子に惜しみない愛を注ぐ』 佐倉《さくら》伊織《いおり》・著

幼少期の事故で背中に大きな傷跡がある心春は、職場の常連客であり外科医の天沢に告白される。長年悩んでいた傷跡も受け入れてくれた彼と幸せな日々を過ごしていたが、傷跡に隠されたある秘密を知ってしまう。天沢は自分を愛しているわけではないと悟り彼の元を去るも、お腹には彼の子を宿していて…!?

ISBN 978-4-8137-1233-6／予価660円（本体600円＋税10%）

Now Printing

『溺愛過多～因縁の御曹司による求婚前提猛アプローチ～』 水守《みずもり》恵蓮《えれん》・著

製薬会社で働く茉帆は、新社長・九重の秘書に任命される。彼の顔を見た茉帆は愕然。「私を抱いてください」――九重は、茉帆が大学時代に自ら抱いてほしいと頼み込んだ相手だった！　彼が覚えていないことを祈るも「気付いていないとでも思った？」願いは届かず、なぜか茉帆に溺愛猛攻を仕掛けてきて…!?

ISBN 978-4-8137-1234-3／予価660円（本体600円＋税10%）

Now Printing

『エリートパイロットの純然たる溺愛』 きたみまゆ・著

航空管制官として空港で働く里帆は、彼氏に浮気され失意のままフランスへ旅行へ行く。ひったくりに遭いそうになったところを助けてもらったことをきっかけに、とある男性と情熱的な一夜を過ごす。連絡先を告げずに日常生活へと戻った里帆だったが、なんと後日彼がパイロットとして目の前に現れて…!?

ISBN 978-4-8137-1235-0／予価660円（本体600円＋税10%）

タイトル、価格等は変更になることがございますのでご了承ください。

ベリーズ文庫 2022年3月発売予定

Now Printing

『極上の結婚アンソロジー2』

ベリーズ文庫の人気作家がお届けする、「ハイスペック男子とのラグジュアリーな結婚」をテーマにした溺甘アンソロジー！　第二弾は、「田崎くるみ×若旦那と契約結婚」、「葉月りゅう×CEOと熱情一夜」の2作品を収録。

ISBN 978-4-8137-1236-7／予価660円（本体600円＋税10%）

Now Printing

『8度目の人生、嫌われていたはずの王太子殿下の溺愛ルートにはまりました2』　坂野《さかの》真夢《まむ》・著

ループから抜け出し、8度目の人生を歩みだしたフィオナ。王太子・オスニエルの正妃となり、やがてかわいい男女の双子を出産！　ますます愛を深めるふたりだったが、それをよく思わない国王からオスニエルのもとに側妃候補である謎の美女が送り込まれて!?　独占欲強めな王太子の溺愛が加速する第2巻！

ISBN 978-4-8137-1237-4／予価660円（本体600円＋税10%）

タイトル、価格等は変更になることがございますのでご了承ください。